余华

米兰讲座

上海文艺出版社
Shanghai Literature & Art Publishing House

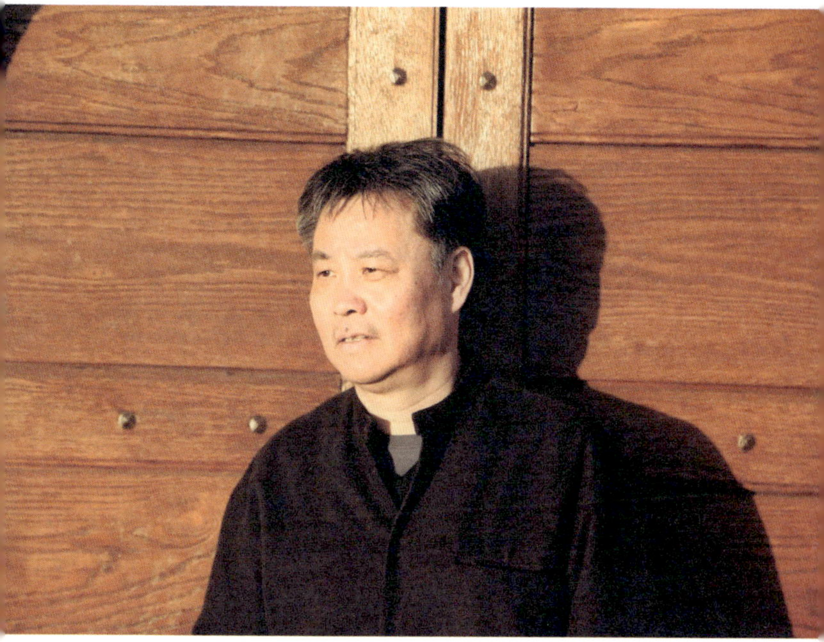

余华,1960年4月出生,1983年开始写作,主要作品有《兄弟》《活着》《许三观卖血记》《在细雨中呼喊》《第七天》等。其作品被翻译成40多种语言在美国、英国、澳大利亚、新西兰、法国、德国、意大利、西班牙、葡萄牙、荷兰、瑞典、挪威、丹麦、芬兰、希腊、俄罗斯、保加利亚、匈牙利、捷克、斯洛伐克、塞尔维亚、波黑、斯洛文尼亚、波兰、罗马尼亚、阿尔巴尼亚、格鲁吉亚、土耳其、巴西、以色列、埃及、科威特、沙特、伊朗、乌兹别克斯坦、蒙古、日本、韩国、越南、缅甸、泰国、印尼、斯里兰卡和印度等40多个国家和地区出版。曾获意大利格林扎纳·卡佛文学奖(1998年),法国文学和艺术骑士勋章(2004年),法国国际信使外国小说奖(2008年),意大利朱塞佩·阿切尔比国际文学奖(2014年),塞尔维亚伊沃·安德里奇文学奖(2018),意大利波特利·拉特斯·格林扎纳文学奖(2018)等。

目录

1 米兰讲座

71 逢场作戏的语言

77 埃米尔·库斯图里卡,没有边境的写作

95 答波士顿广播电台评论员威廉·马克思

110 答《纽约客》小说主编德博拉·特瑞斯曼

117 答《洛杉矶书评》编辑梅兰

128 答美国《科克斯评论》编辑梅根

136 答法国《解放报》

142 答法国《十字架报》

146 答法国《人道报》

152 答瑞士《时报》

157 答意大利《共和国报》

172 答意大利《生活》杂志

179　答意大利 *Reset* 杂志

190　答意大利《晚邮报》

197　答韩国《朝鲜日报》

204　答丹麦《基督教汇报》

213　答美国 *Electric Literature* 杂志

223　答意大利《共和国报》

239　答塞尔维亚《今日报》

米兰讲座

2018 年 11 月 13 日,
米兰国立大学

十年前我第一次来到这个阶梯教室,兰珊德骗了我,让我从后面那个门走进来,她说只有这个门。我从最高的地方走下来,我不知道下面这里还有一个门,我当时感觉走了很长的路,才走到这里。今天她还想继续骗我,我不上当了，我知道下面这个门离讲台更近。今天来的学生和十年前不一样，但是有一点是一样的，我面对的都是年轻的脸。

刚才贝蒂娜老师提出了一个问题：中国文学史的汉字与文学的关系。我第一次遇到这样的问题，这是一个很好的问题，汉字和其他语言文字有一个很大的区别，就是汉字是单音节的。所以我们阅读中文的文学作品时，会感到节奏感很强，应该会比其他语言的文学作品要强，或者说要明显得多，但是它的旋律感，显然不如意大利语、英语、法语这些语言。因此我在写作的时候，比较注重语言的节奏感。这是我们汉语已经界定了的，我要发扬它的优势。

我本来是想让大家提问题，我来回答，这样我比较省事，你们也可以提出你们所关心的问题。今天上午我想,既然米兰国立大学给我想了三个题目,文学、文化和文明。我还是应该先扯几句作为开场白。

文学是什么其实是一个很难回答的问题。明天的文化和后天的文明也一样,说实话我不知道它们是什么意思。今天要说的是文学,文学究竟是什么,我不知道,但是文学里有一种东西我是知道的,就是文学来自叙述,而叙述的力量是什么我恰好知道一些,我就说说什么是叙述的力量。

我举几个例子。第一个来自现在西班牙的一位作家哈维尔·马里亚斯的书,他有一部小说《如此苍白的心》,叙述一上来就让我吃了一惊。他写一个女孩,度完蜜月回来。当然已经不是女孩了,已经结婚了。她没有任何理由或者其他什么原因就自杀了,她家是一个富有的家庭,当时她的父亲在宴请宾客,吃饭吃到一半的时候,那女孩站起来,离开自己的座位,走上了楼,走进自己的房间,然后走进卫生间,她面对卫生间的镜子脱下自己的衣服,最后脱掉胸罩,随手一扔,胸罩挂在了浴缸上面。然后她拿起手枪,对准自己的心脏,砰的一枪。就那么一小段,女孩的生命就没了。我在这里说明一下,马里亚斯让女人用手枪对准自己的心脏开枪,证明他是一个好作家,如果你们读到某部小说里一个女人拿手枪对准自己脑袋开枪,那个作家估计不懂得女人,女人是很爱惜自己形象的,不会对准自己脑袋开枪,只有男人会这么干,男人都是些自暴自弃的货色,拿枪顶住自己脑门,或者把枪伸进自己嘴巴,轰掉自己半个脑袋才心满意足。

马里亚斯的叙述上来就是这么一个自杀,

把我吓一跳。令人吃惊的一个开头，他根本不写女孩为什么要自杀。接下去就是写她父亲，她的父亲在楼下，刚刚切下一块牛肉放在嘴里，正要咀嚼的时候，突然听到砰的一声枪响，他和他的客人都惊呆了。他连餐巾都忘了取下来，拿在手上，一路跑上去，他的客人跟在后面，打开卫生间的门，看到他的女儿躺在鲜血之中，已经死去了。父亲看到女儿裸露着胸部躺在地上鲜血之中的时候，可能是想到其他的客人也看到他女儿的裸露的上身，他把手里的餐巾盖住了挂在浴缸边上的胸罩，没有盖住女儿的胸部。

这一笔非常了不起，能够显示马里亚斯是一个了不起的作家。他没有让父亲用餐巾盖住女儿的上身，而是盖住挂在浴缸上的胸罩。这就是文学里叙述的力量，一个人在惊恐中的一个举动。假如父亲把餐巾盖住女儿上身的话,这样的文学作品很一般,谁都会这么写,只有了不起的作家,像马里亚斯这样的作家,才会写父亲在惊慌中把餐巾盖住胸罩。

第二个例子来自俄罗斯的一个导演,当然也是苏联时期的导演,塔可夫斯基。他在自己的一本书里面写到一个故事,有一个年轻人不小心被电车压断了腿,然后他用双手把自己的身体一点一点挪到人行道上,靠墙而坐,等待救护车的到来,那时候不少人走过去看着他,他突然感到了羞愧,从口袋里面拿出手帕,盖住自己的断腿处。假如这个故事里的年轻人,当别人围在身边看着他的断腿时,他不是因为羞愧把手帕盖在断腿处,而是指着自己的断腿,以此来博取路人同情的话,那么这就不会是塔可夫斯基写的,可能是别的没有洞察力的导演写的。

　　我这里所说的哈维尔·马里亚斯和安德烈·塔可夫斯基的两个例子，都是遮盖的动作，一个是父亲想去遮女儿裸露的胸部，结果遮住挂在浴缸边上的胸罩，另外一个是一个人的腿被压断以后，因为别人看着他的断腿，他觉得羞愧，就用手绢遮住了断腿的地方。两个遮盖的动作在我们文学叙述里所呈现的都是敞开的力量。他们两位把我们带上了艺术和文学更加深远和宽广的地方，前者描写的是文学中惊慌的力量是怎样体现出来的，后者讲述了羞愧的力量在文学中又是怎样体现出来的。文学可以说是无所不能的，任何情感、任何情绪、任何想法，任何景物，所有的任何都可以表现出来，而且可以用非常有力量的方式表现出来，但是要看作者怎么去表现出来，这就是怎样去叙述的问题。

第三个例子是鲁迅的《孔乙己》，这是伟大的短篇小说。这个世界上有很多伟大的短篇小说，但是有些伟大的短篇小说很难去诠释。《孔乙己》是这样的一部小说，它既是一部伟大的小说，同时又是一部很容易去诠释的小说。小说的开头就不同凡响。鲁迅写鲁镇酒店的格局，穿长衫的是在隔壁一个房间里坐着喝酒的，穿长衫的在那个时代都是有社会地位的，穿短衣服的都是打工的。所以站在柜台前面喝酒的都是穿短衣服的。孔乙己是唯一的一个穿着长衫，站在柜台前面喝酒的人。开头这么一段，鲁迅就把孔乙己的社会境况，社会地位表现得很清晰了。

这篇小说是以一个孩子的角度来叙述孔乙己，他看到孔乙己一次一次来到酒店喝酒，最后一次孔乙己来喝酒的时候，腿被打断了。孔乙己的腿健全的时候，对于一个作家来说，可以不去写他是怎么来到酒店的。肯定是走来的，这个很容易，读者自己可以去想象。但是当前面他一次又一次是用双腿走来，最后一次来的时候，他的腿已经断了。作为一个负责任的作家，鲁迅必须要写他是怎么走来的，不能不写。

鲁迅是这样写的，下午的时候孩子昏昏欲睡，突然从柜台外面飘来一个声音，要一碗黄酒。因为柜台很高，孔乙己是坐在地上的，所以孩子要从柜台里面走出去。酒店的老板跟他说，你还欠着以前来喝酒的钱呢。他欠的钱是记在黑板上的，就是孔乙己的名字后面写着欠了多少文铜钱，孔乙己当时很羞愧，他说这次是拿的现钱过来的。这个时候鲁迅与他是怎走来的。写那个孩子，那个学徒走出去以后，看到孔乙己张开的手掌，手上放了几枚铜钱，满手都是泥。鲁迅就用一句话，原来他是用这双手走来的。后来孔乙己自然又是用那一双手走去的。

文学作品的伟大之处，往往是在这种地方显示出来。在一些最关键的地方，在一些细小的地方，你看到一个作家的处理，你就能够知道这个作家是多么的优秀。而另外一些作家，可能是另外的一种处理。

当然，文学还有一个很重要的功能，就是讲故事。新闻也在讲故事，新闻讲的故事可能更加引诱人，因为是每天都在发生的。而且新闻是以一种非虚构的方式，给人感觉好像它很真实。而文学是虚构的，给人感觉常常是不真实和不可靠。

其实新闻经常比文学还要不可靠。我有一个朋友的孩子，小学就去了美国，在美国读完小学、读完中学，在美国上了大学，又在美国读完了研究生。他在美国看电视，发生了一个事件，他先去看左派的NBC新闻，看完以后再去看右派的福克斯新闻。然后他疑惑了，这两个电视台说的是同一件事情吗？所以，发生的一件同样的事，通过左派的电视台说出来的，和右派电视台说出来的，已经变成两个不同的事了。

当然新闻有即时性，第一时间就能够传达到我们这里来。文学没有，文学是在此后，或者很久以后才能够发生的。

大概二十多年前，我会去看中国报纸上夹缝里的消息，当时还没有互联网，也没有什么手机之类的。所以报纸的那些夹缝里的内容是我比较爱看的,因为那里有比较有意思的东西,其他的地方不好看。其中有一条消息是写两辆卡车,在公路上迎面相撞,这在当时是新闻,现在不是新闻了。这是一个新闻稿,说两个司机都被撞死了,但是记者在这个事件后面,又多写了一句话,两辆卡车迎面相撞的时候,发出的巨大响声让公路两边树木上的麻雀全部震落在地,有些死去,有些昏迷。

假如没有这一笔,就是两辆卡车相撞之后,麻雀都从树上震落下来这一笔,那么两辆卡车相撞这样一个事件,很容易被人忘掉。因为这不是文学,这是新闻。但是有了后面公路上躺满了麻雀这一笔以后,这就是文学出来表现了。所以都是讲故事,但是新闻讲的是前面,文学讲的是后面。关于文学,我暂时就说到这里,待会想起来了什么再说。

延续前面的话题,我们还是以虚构和非虚构来说一说,虚构给人的感觉好像它是一个故事,非虚构好像是告诉你是一个真实的事件,总是有这样的一种区别存在。但是我一直怀疑真正的非虚构是否存在,直白说我认为不存在,这个世界就是虚构的。是的,我们可以承认一个作家非常认真去了一些地方,采访了很多人,而且把他们的采访都很认真做了笔记,通过这个笔记写了一本书,我们称之为非虚构。问题是,他所采访的那些人,在讲述那些事情的时候,他们能不能做到非虚构呢?他们在讲述的时候,肯定也带上了自己的立场和观点、自己的倾向和情感,他们很难做到真正意义上的非虚构。

就像我前面说的,发生在美国的同样一个事件,由 NBC 报道出来和由福克斯报道出来,给人感觉像是在说两件事，这个也是非虚构。即使是一个作家写他自己，回忆他自己童年的文章的时候，记忆也会修改某些事实。因为我知道，当我写散文回忆自己过去生活的时候，我经常发现，在一个记忆和另外一个记忆之间，经常会出现一个空白，如何把这两个记忆连接到一起？我的办法就是继续用虚构的办法。所以当我们走进书店，去选择一本非虚构类书的时候，其实我们选择的可能不是一本书，而是一个题材，一个事件，一个人物。

比如关于阿桑奇事件，你进入书店时，如果在非虚构类的桌子上摆着关于他的书，在虚构类的桌子上摆着关于他的小说（我只是做了一个比喻），你会毫不犹豫地选择那个非虚构的书，但是有可能非虚构那本书比虚构的那本还要虚构。尤其是克林顿、小布什这些政治人物的自传，你们相信他们是非虚构吗？他们虚构的本领高于小说家。

刚才说到写诗的经验，我没写过诗，我曾经很爱读诗，读过很多诗，可惜没有记住，差不多都忘掉了。今年一月份在塞尔维亚的时候，我遇到了一位姓马提亚的院士，跟我谈到他读到的中国古典诗歌，他觉得特别好。他背诵了其中的一句诗：你只要坐在河边耐心等待，就会有你敌人的尸体漂过。我不知道中国的古典诗歌里有这样的诗句，这个好像也不符合我们中国的传统文化。这就是翻译的奇妙，我心想不知道要经过多少道翻译才会译出这样的诗句？我也不知道傅雪莲（意大利翻译家）把我的小说翻译成谁的小说了。

文学有时候是这样的，让你在某一刻，突然有一个记忆回来了，而这个记忆是文学给你的。我记得好几年前在巴黎街头,应该是十年前,我是十年前从法国来到意大利的,然后也在这个教室里演讲。我刚才说了,兰珊德骗我说只有上面那个门,让我走那么长一段路下来。

来米兰之前我在巴黎,那天晚上我在等我的法语作品翻译——巴黎东方语言学院的教授何碧玉来接我出去吃饭,我不会点他们的法国菜。那个时候天快黑了,巴黎的大街上来来往往的人很多,跟北京的大街、上海的大街,没什么区别,只不过是人的长相稍稍有点不一样而已。所有人都在匆忙的来来去去,他们的身体会不小心互相碰撞一下,他们都不认识对方。当时给我的感受是,那么多人在大街上行走,谁和谁都没有关系。

这个时候我突然想到了当年读过的欧阳修

的一句诗句：人远天涯近。确实是这样的一种感受，人和人之间是遥远的，但是人和天空，和很遥远的天涯海角，反而是更加亲近。我一直在想，欧阳修写这个诗句时候，中国的街上人并不多，就已经出现这样的感受了。当然，欧阳修在写这个诗句的时候，不会是像我站在巴黎傍晚大街上那种感受，可能是他感叹人和人之间的冷漠，还不如人和天涯之间的亲近。这就是诗给我们带来的感受，读过了，当时觉得这句诗写得很好，但是不久就忘记了。过了很多年以后，发生的某一个事情，你又想起了某一句诗，想起了某一个小说中的段落，某一个人物，某一个故事情节。文学就是以这样的方式，历久弥新的方式存在下来。

至于中国传统文化是以什么样的方式保存下来的，我想首先是以汉字的形式保存下来。

中国也翻译出版了大量西方的文学作品,这些文学作品通过意大利语或者其他语言翻译成汉字以后,就是以汉字的方式呈现出来。我们读到的这些外国的文学作品,是用中文去读的。中国的传统小说,一直到了明清时期,才开始有篇幅比较大的作品出来,之前的是以笔记小说为主。这有点像中国的思想一样,比如孔子,孔子和苏格拉底很像,他们的思想都是一种火花的方式呈现出来,突然有一个什么想法出来,然后构成一个系统。而且孔子和苏格拉底是两个只说不写的人,多亏了各有两个好学生,把他们说的话给记录了下来。

欧洲后来出现了德国哲学,庞大的哲学,黑格尔、康德他们,还有影响最为深远的马克思。中国始终没有出现像德国哲学那样的一个庞大的体系,庞大的架构,依然是随笔似的,短文似的这样的方式来表达思想。音乐也一样，我们的音乐一直是民间小调，还有就是一种戏曲的音乐，各个地方以不同戏曲的音乐出现，从来没有出现过像西方那么大的作品，因为中国没有出现巴赫，所以没有出现现代作曲方式。欧洲的宗教音乐作品那么恢宏，我们佛教寺庙里永远只有一种声调，进入寺庙以后，听不到第二种声调。中国的文学为什么很晚才出现大部头的作品，这和白话文的兴起有关系。

所以当我们这一代，以及比我们年轻的那一代写作的时候，阅读的外国文学作品要多于中国文学作品。中国文学，中国的古典文学作品，无论是从数量还是品种上并不是那么多。但是我们生活在这片土地上，我们写出来的故事，还是这片土地上的生生不息的生活。所以要去寻找中国当代文学作品里有哪些是中国传统文学的因素,你们去阅读描写出来的生活就够了,你们会发现今天的文学和过去是紧密联系的。

我发表第一篇短篇小说到现在已经有 35 年了。我走上文学道路,完全是命运的安排。我的第一份工作是牙医,不是作家,我非常不喜欢牙医这个工作。每天看着别人张开的嘴巴,一点风景都没有。我看到在文化馆工作的人,整天在大街上游玩。我就问他们,你们为什么不上班?他们说我们在大街上走来走去就是上班。我心想,这工作我也很喜欢。我很想调到文化馆去工作,那个时代的中国,个人是没有权利选择工作的,工作都是由国家分配的。我想从牙科医院调到文化馆工作,不是那么容易的。

我就开始写小说,只要小说发表了,就有希望调到文化馆。非常幸运的是,1983年就发表小说了,1983年就调到文化馆工作了。我记得我第一次上班的时候,故意迟到了两个小时,结果我是第一个去上班的,我当时就知道这地方来对了。从此以后,我就在家里睡懒觉,睡醒了以后写小说。而我的同事们在大街上走来走去,一直走到退休。

大概在1985年,也就是两年以后,我再去几个文学杂志的编辑部时,才感到自己是多么幸运。我当时只是一个小镇上的牙医,我不认识任何编辑,我写的稿子没法寄给编辑,只能寄给某一个杂志。那个时候因为"文革"刚刚结束,中国出现了很多文学杂志,当时已经出名的作家和已经发表过作品的作家所写下的全部作品,还是不能把我们的那么多的文学杂志的版面给填满。当时的编辑都在认真地读自由来稿。我就是在自由来稿里被编辑发现的,到了1985年的时候,我已经能够在好几个文学杂志上发表作品了。

1985年以后,我再去文学杂志的编辑部时,第一他们不再退稿;第二我看到自由来稿都堆在一个角落里,等待收垃圾的人把那些自由来稿收走。这时候已经出名的作家和已经发表过作品的作家,写下的作品太多了,文学杂志的版面不够用了,已经超出他们的版面了,所以编辑不需要再去读自由来稿来发现新的作者。发现新作家是很辛苦的工作,一个编辑可能要认真读上几十篇,甚至上百篇自由来稿,才会从中间发现一个有前途的新作者。所以我感觉自己很幸运,我要是晚两年写小说的话,现在我还在拔牙。也就是两年多时间,很少有编辑还在读不认识的人寄来的稿子了。这就意味着一个年轻的新作者,如果没有人推荐,就不可能发表作品。一直到后来,互联网的兴起,出现了网络作家,他们找到了自己发表作品的平台,才改变这个局面。我现在回忆这过去的35年,发现自己是很幸运的作家,重要的火车我都赶上了,重要的地方我也都去了。

我在想怎么来讲述自己的写作经历,还是讲讲走上文学道路时的几个老师。我的第一个老师是日本的川端康成,那个时候我还很年轻,也就20出头一点,川端康成所吸引我的,是他对细部的描写。他对细节的描写非常丰富,他不是用一种固定的方式,而是用一种开放的方式去描写细节。我记得,他写到过一个母亲,她的女儿只有十八岁就去世了,然后化妆,因为人在下葬前要化妆。母亲就守着女儿,看女儿去世以后化妆的脸。川端康成写母亲的心情,母亲心里想:女儿的脸生平第一次化妆,真像是一位出嫁的新娘。

当时我很年轻,读到这样的句子,觉得非常了不起。我觉得别的作家写小说,都是从生写到死,而在川端康成笔下,死里面能够出现生。我当时很迷恋他、学习他的写作。从1982年开始,一直学到了1986年。长期学习一个作家,也会出现一个问题,就是这个作家对我来说,已经不是让我飞翔的翅膀,而是一把枷锁把我给锁住了。我感到自己的小说越写越差,这意味着我学习川端康成学到没有自己了,我掉进了川端康成的陷阱。我运气很好,我在川端康成的陷阱里大声喊叫救命的时候,有一个叫卡夫卡的作家从旁边经过,听到了我的救命声,伸手把我拉了出来。1986年,我第一次在中国的书店里看到卡夫卡的小说集出版了,我买了一本拿回家。我读的第一篇小说,不是他那篇著名的《变形记》,而是另外的一篇也很著名的《乡村医生》,里面关于马的描写极其自由,想让马出现就出现,那天晚上我失眠了,我知道了写作中最重要的是自由。卡夫卡没有教会我具体的写作的技巧,而是让我知道写作是自由的。

此后我的写作越来越自由,我想怎么写就怎么写。卡夫卡是我第二个老师。我的写作继续向前走,然后遇到了一个很大的难题。那个时候我在中国可以说小有名气了,可是依然会不断进入到某些困难的时刻。当一个作家的写作不断地往前走的话，肯定会遇到困难。有一个困难是心理描写，心理描写曾经是我年轻的时候非常害怕的一种描写，当一个人的内心是平静的时候，这样的心理描写是可以去写的，但是没有写的价值。当一个人的内心动荡不安的时候，是很有描写的价值，可是无法描写，写再多的字也没法把他的心理状态表现出来。

这时候我第三个老师出现了，我遇到了威廉·福克纳，读到了他的一个短篇小说。他的那个短篇小说里，一个穷白人把一个富白人杀了。我仔细研究了威廉·福克纳是如何描述杀人者杀了人以后的心理的，我终于知道如何去进行心理描写，就是让心脏停止跳动，让眼睛睁开。威廉·福克纳让杀人者的眼睛麻木地看着一切，用麻木的方式写他看到了什么，血在地上流淌，他那刚刚生下孩子的女儿如何厌烦，写了一大段。我发现,他把杀人者杀人以后的那种心情,全部表现出来了。为此,我又去重读了陀思妥耶夫斯基的《罪与罚》,我当年读的时候觉得通篇都是心理描写。结果重读以后发现也没有心理描写,我专门去把中间一个很重要的段落,就是拉斯柯尔尼科夫把老太太杀了以后,陀思妥耶夫斯基是如何描写他的心理的。结果我发现没有一句心理描写,全是他惊慌的动作。比如他刚躺下来,在惊恐和疲惫中,刚刚要入睡的时候,突然想起来可能衣服上还有血迹,马上又从床上跳起来,去看那个衣服上有没有血迹,全是这样的描写。然后我就知道怎么去对付心理描写,就是别去写心理,写别的就可以了。

当然后面还有老师,只是我觉得,前面这三个是最重要的,遇到威廉·福克纳之后,没有任何东西能够阻扰我的写作了，我什么都可以去写了。

2018 年 11 月 14 日，
米兰国立大学

文化这个词汇是一个广泛的词汇，我觉得比文明和文学都要广泛，无论是和我们生活有关的还是无关的，都可以和文化扯到一起，大的政治、经济、军事，小的衣食住行都是，我们吃饭叫饮食文化，喝茶叫茶文化，身上的衣服是服饰文化，穿着时尚的话是流行文化了，诸如此类。

我估计二十年以后，你们中间的一些学生

开始翻译我作品的时候，傅雪莲就不再做翻译了，开始研究翻译文化了，所以文化这个词谁都可以用，而且都不会觉得用错了。

文化是有差异的，不同国家不同民族的文化会造成人的行为以及思维方式的不一样。我的小说《许三观卖血记》中的许玉兰，只要遇到不高兴的事，就会坐在门槛上对邻居或者路人哭诉，抖搂自己家里的事，虽然中国的文化里强调家丑不可外扬，可是家丑外扬的中国人还是不少。这是我小时候的生活经验之一，有一个邻居的女人就是这样。这本书在意大利出版后，一个意大利朋友告诉我，那不勒斯的女人就是这样，不高兴了就会去对外人哭诉。十多年前有一个英国记者，当时他是英国《金融时报》亚洲发行人，后来回去做《金融时报》的CEO了，他给我做过一个采访，叫"与FT共进午餐",他说如果英国男人的妻子像许玉兰这样,很可能会去自杀,所以英国男人在这方面比意大利男人脆弱,意大利男人也就是对妻子说一声我去买包香烟,然后消失了,再也不回来了,不会为这个事情自杀。

现在不少中国人富有了,出去旅游时会买各种各样的礼物带回家,前些年中国很多旅游团去韩国,韩国的奢侈品很贵,但是比较中国商店里的还是便宜一些,所以中国男人到了首尔就会买很多礼物。我去韩国的时候,有一位韩国女性告诉我,中国男人比韩国男人好,因为中国男人给情人买礼物的同时也给妻子买了礼物,而韩国男人只给情人买礼物,不给妻子买礼物。我到了意大利,把这个告诉一位意大利女性,她听完后说,韩国男人比意大利男人好,意大利男人既不给情人买礼物也不给妻子买礼物，意大利男人只给自己买礼物。这样的差异也是一种文化，我们可以称之为礼物的文化，也可以称之为男人的文化。

当然不同文化里的共同点可能更多，比如足球比赛会延伸出脏话文化，我认识的一个美国记者，他住在北京工人体育场的旁边，他告诉我只要周末有北京队的主场比赛，就会听见一种很有意思的声音，他问我有没有兴趣听一下，我说可以，我们就约了个时间，他也约了另外的几个驻北京的外国记者，坐在他家阳台上，我们喝着威士忌等待足球比赛的开始，我们不是看比赛，是听比赛。比赛开始后我们听到北京的球迷在齐声喊叫"傻X，傻X"，我就知道是客队正在进攻，如果没有这两个词的声音了，就是主队在进攻，如果这两个词又响起来了，那又是客队在进攻。

2010年我去南非看世界杯,发现每场比赛时球迷的喊叫和北京工人体育场的喊叫是一样的,只是发音不同。这个国家的球队在进攻的时候,另外一个国家球迷就会发出整齐的喊叫,我知道就是"傻X"的意思。反过来当另外一种语言在整齐喊叫时,必然是这个语言国家的球队正在防守。我在南非呆了半个月,学会了五六种不同语言的傻X,回到中国就全忘了,没有机会使用。

我这次来意大利,从米兰到格林扎纳,听到一句让我很高兴的话,是一个中学生说的,他把我的《第七天》和《神曲》相提并论,这是对我的最高赞扬,我觉得这也是文化方面的一种比较。可能这两部作品写的都是关于死亡,当然《第七天》是不能和《神曲》比的，这必须说明。

死亡也是一种文化，有关死亡的描写最突出的应该就是关于灵魂的描写。《第七天》写的是中国的头七，以这个为契机，人死后的第七天会回家。这是中国的风俗，人死后的第七天，死者的家人要在那里安安静静等着死者的灵魂回来，要做好充分的准备，一些大户人家会做七个七，四十九天，每个第七天都会回来。中国很大，有些地方对"头七"解释跟这个普遍的解释不太一样，它有时候是指人死后会一直在自己家附近游荡，七天以后才会离开。在中国，即使是头七的说法，在不同的地方也会有所不同，但是有一点是一样的，就是头七讲的都是死者的灵魂。

中国有56个民族，对灵魂的解释也会不

一样。人口最多的汉族认为人的灵魂只有一个，假如一个人的脸突然发黑了，越来越黑，就代表灵魂正在离开他的身体，这个时候婴儿会害怕，会躲避这样的人，因为婴儿的眼睛是最干净的，他可以看见灵魂离开的样子。云南民族最多，所以有关灵魂的说法也最多。有一个民族叫独龙族，这个民族的人口非常少，大概只有不到两万人了。他们认为人有两个灵魂，而且他们认为人的灵魂跟人的相貌、身高一样，两个灵魂会穿上同样的衣服，当属于人的一个灵魂晚上睡觉的时候，另外一个灵魂是不睡觉的，他会出去玩，他们说梦里见到的事是另外一个灵魂在外面做的。云南还有一个阿昌族，他们认为人有三个灵魂，人死了以后，一个灵魂放在坟墓里、一个放在家里供奉，还有一个回到祖先那里去，这个灵魂是最幸运的。

我这次在那不勒斯的时候,那里的意大利读者读过《第七天》后知道中国有头七,他们告诉我,那不勒斯的说法是人死后逗留四十个小时才离开,我对他们说,中国人还是比那不勒斯人有耐心,你们四十个小时就走了,中国人七天还不愿意走。在古波斯、古希腊、古罗马,他们的说法是十二个月,灵魂才会离开。正是因为对死亡之后灵魂的种种理解,所以提供了很多就业机会,中国有很多诸如巫师、巫婆一类的,在古波斯有死灵师,召唤死人的那种,还有作家和诗人也都在以此赚钱。在古希腊和古罗马,死灵师要穿上死者的衣服才能跟死者对话,去了解某些秘密,这是一个非常好的意象,他穿上死者的衣服感受死者的思想,倾听死者的声音,以此来了解死者没花完的钱藏在什么地方。说白了都是为了赚钱,无论是过去的巫师,还是现在的作家和诗人,都会在死人那里寻找工作机会。我已经把文化说到死亡了,我们还是换个话题吧,现在可以对话了,我们起死回生。

我小时候,也就是"文革"时期,那时候没有宗教信仰,所有的宗教都被取缔了。我们小镇上的寺庙天宁寺,保留了最后一幢房子,保留的原因是作为仓库使用。"文革"结束之后恢复宗教信仰,当时天宁寺只有一个和尚,那个时候我还在做牙医。有一个天主教的小教堂也恢复了,我的记忆里也只有一个神父,"文革"刚结束的时候信教的人不多,大家都是无神论者,所以那个时候和尚和神父都很清闲,他们经常跑到对方那里去聊天,这是宗教大团结。

现在已经没有那种情况了，他们都很忙，没有时间聊天了。

中国受教范围最广的还是佛教，佛教里面的香火很旺盛，进去还要买门票。我去过中国道教的道观，冷冷清清的没什么人，我曾经问过一个道长，为什么道教作为中国的国教不如外来的佛教，道长回答说佛教有钱，道教没钱。他说的很对，去佛教烧香捐钱的人很多，去道观的人就少，所以道教发展比较慢，佛教发展很快，捐给寺庙的钱是不用上税的。上世纪九十年代的中国，德国的奔驰车还不多，只要能坐上或者开上奔驰车的人都非常有钱，那时候我在杭州西湖边看见6个灵隐寺的和尚开着6辆奔驰车过去，把我吓一跳，他们真有钱，灵隐寺是中国最有钱的寺庙之一。我到了意大利之后，意大利的朋友告诉我，天主教很有钱，好比中国人说佛教很有钱一样。

宗教是一种信仰,让人的精神去寄托的地方。在我年轻的时候,有一次我生病了,住在我们县医院里面,和我同病房的有两个人,其中一个中年妇女,她每天用广播听《圣经》,她以这个来消解自己身上的病痛。另外一个病人没有精神寄托,他因为病痛不断呻吟。

我只是说了一些现象而已。为什么天主教的影响力这么大,基督教相对来说小一点,新教主要在英国,它是有种种历史原因的,也有其他方面,像经济方面的原因。在中国,佛教之所以有那么大影响力就是因为有很多人去捐钱。当然肯定也有其他更为重要的因素起作用。我在这里要说的是我们如何看待这个社会,比如我们在看待宗教的时候,可以从不同的角度去看,就好比米兰国立大学要是再也招不到学中文的学生了，那么这个大学就没有教中文的教授了，就是这么一个简单的道理，这是人类的一个规律。假如在中国没有人给佛教捐钱烧香，在意大利或者西方没人给天主教教堂捐钱的话，他们同样很难生存下去。当然信仰是很崇高的精神活动，你去信天主教也好，佛教也好，那是崇高的精神活动。但是无论是信佛教的去烧香，信天主教的在胸口划十字，都是为了对自己有好处，都是为了保佑自己，只不过是叫法不一样，在中国是菩萨保佑我，在意大利是上帝保佑我。所以崇高的信仰也要跟实际的动机联系起来，才能够持续下去。

有一点很有意思，我拿到第一本中文版的《圣经》，是在"文革"结束之后，在我们小镇上那个很小的天主教教堂里拿到的，当时可以随便拿，印制很精美，那个版本的《圣经》是经过很多人的翻译，一代又一代，译文可以说是无与伦比，我是把它当做一部文学作品读完的，而不是宗教书读完的。无论是过去还是现在，别人让我举一部我最喜欢的伟大的文学作品，只能举一部的话，我会毫不犹豫的回答：《圣经》。我在《圣经》里读到了最好的文学。多年以后我才知道，我在中国天主教教堂里拿到的《圣经》是英国新教的版本，不是天主教的版本。英国新教在世界上的影响力相对较小，所以他们在推广自己版本《圣经》的时候非常努力，中国至今用的《圣经》都是他们的版本，中国天主教教堂里的《圣经》都是英国新教的版本，这个是不是很有意思？后来梵蒂冈发现了这个问题，组织了几十个中国翻译家去澳大利亚把天主教的《圣经》翻译成中文，但是太晚了，来不及了，天主教的《圣经》在中国没有什么影响，我也有一套,我认真读了一下,这个版本的语言跟新教版本《圣经》没办法比,新教版本的语言是后无来者的中文。

幸福是什么?这个没有固定的解释,每个人的理解不一样,即使同一个人不同的时候理解也不一样。一个人口渴的时候有一杯水,那就是幸福,一个人饥饿的时候有食物,也是幸福。对于幸福的理解,最重要的一点是,幸福是属于自己的感受,不属于别人的看法。可能有人会羡慕某一个政治家,他当上了总理或者总统,觉得他很威风,很了不起,其实他也烦恼,他烦恼的时候比我们多得多,你看到一个乞丐觉得他很可怜,是的,他是很可怜,但是他也有幸福的时候。幸福的标准每个人不一样,这是第一；第二是每个人的感受不一样，因此对幸福的理解也不一样。

我想起一个笑话，关于富人和乞丐的笑话，当然是一个中国的笑话，有些中国人喜欢吃河豚，河豚是一种有毒的鱼，现在养殖以后已经无毒了，当时野生的河豚是有毒的，当时的厨师在做这个鱼的时候要有很好的技术。这个笑话说有四个富人去吃河豚，做好的河豚上来了，他们互相看着，谁也不先吃，都想看看谁先吃了没死以后再吃。四个人互相看来看去都不敢先吃，然后他们想起进来的时候饭馆门口坐了一个乞丐，他们就把一条河豚放在打包盒里，让饭馆的服务员拿出去给坐在门口的乞丐吃，过了一个小时以后，他们让那个服务员去看看那个乞丐是不是还活着，服务员回来说还活着，还在门口坐着呢，于是这四个富人就大胆地吃起来，吃完以后很高兴走出去，上了他们自己的奔驰车，就是我刚才提到的灵隐寺和尚开的一样的奔驰车走了，乞丐看到这四个富人走了，心想这四个傻 X 没死，从屁股后面把那个打包盒拿出来，把里面的河豚吃了。我觉得那一刻那个乞丐比那四个富人幸福。

傅雪莲问我西方为什么害怕中国？这个应该是傅雪莲你来告诉我，我只知道中国不害怕西方。

可能是中国发展太快了，也就三十多年变成了今天这个样子，三十年前的时候，我们还是一个很贫穷的国家，三十年以后就变成一个相对富有的国家，当然还有很多贫穷的地区。西方人可能有一种优越感，一种来自骨子里的优越感，因为他们领先中国一个世纪，结果没想到，三十多年就差不多了。我记得前几个月，扎克伯格——脸书的CEO，他在美国国会接受质询，就是因为英国的一家数据公司在脸书上面干预了美国的大选，有一个参议员，让他回答问题，说只有像他这样生在美国，长在美国，在美国受教育的人，才能创造出脸书这样伟大的公司。扎克回答说，中国也有同样伟大的公司。那个美国参议员为了掩饰自己的无知，就对他说，你回答我的问题时只要说是和不是就够了。

当然美国跟欧洲又不一样，欧洲是由很多国家组成的，美国只是一个国家。我在丹麦有个汉学家朋友，她是奥尔胡斯大学教授，现在已经退休了，她叫魏安娜，她告诉我，她有一次去美国，在入境的时候，边检官看着她的护照，问她丹麦是美国的哪个州？所以我感觉西方社会的优越感在美国尤其突出，他们在中国的经济增长里获益巨大，但是又不希望中国强大。

好比是一个老牌的大学，突然被一个普通的大学超越了，比如米兰国立大学突然被米兰的比可卡大学超越了，然后想办法把比可卡大学弄下去，但是已经弄不下去了。其实一点关系都没有，一个真正有竞争力的大学应该努力让自己变得更好，而不是让附近的大学变得更差，国家和国家之间的关系也应该是这样，是没法改变对方的。所以不用担心，中国没有能力改变欧洲和美国，没有能力改变西方世界，这种担心是多余的，反过来西方也没办法改变中国。

这是一个很难回答的问题,中国的传统文学和中国作家对我的影响,我需要努力去寻找一下。中国过去是文言文,特点是不会写出很长的作品,即使是小说也是笔记小说。明清以后出现白话文,才有真正意义上的长篇小说。那时候在中国写小说是没有地位的,别人瞧不起你,而诗词歌赋、散文才是崇高的文学,小说被认为是市井之流,《西游记》很像莎士比亚的戏剧,市井中人才看。唐诗宋词元曲都是达官贵人写给达官贵人读的文学,《西游记》《水浒传》《三国演义》是为大众写的。

傅雪莲提到的《西游记》的故事,这部长篇小说的结构其实是由很多短篇小说组成的,从唐僧的角度来看,从头到尾是一个故事,但是中间发生的故事一个一个都是独立的,可以说是一个又一个的短篇小说。《水浒传》也类似,也是一段一段来写的,有时候写一个人物,有时候写一场战斗。三国演义也是这样,和西方的大部头小说有很大区别,中国的传统小说结构松散,也就是章回体小说,章回体小说的特征是这个故事没写完就停下去写另一个故事,那个故事没写完然后回来继续写这个故事,基本就是这个套路,这个故事还没有结束,以一个"花开两朵,各表一枝"作为结尾理由,就去写另一个故事。

我现在还没有使用这样的方式去写长篇小说。当小说里的故事和人物很多的时候,章回体小说是很好的写作范例,可以写下很多的故事,同时对读者来说,阅读又不是那么复杂。在叙述时,有时候要将简单写得复杂,有时候要将复杂写得简单,两者都不容易,相对来说后者更难。如果创作一部很长有很多人物的小说，中国的章回体小说是值得借鉴的文本。读者可以读完这样很厚的书，不会半途放弃，章回体小说是很吸引人的叙述方式。

当然，我们能够通过一部文学作品了解社会发生过什么，这个国家发生过什么。十九世纪欧洲的文学，能够让我们读到当时的社会正在发生什么。尤其是读巴尔扎克这样作家的作品，你能够了解那个时候法国的生活。狄更斯是用另一种方式，用一种相对夸张的方式，让你读到英国，或者说是伦敦，那个时候发生了什么。所以说每个文学文本的后面，都会存在一个历史的文本，还有一个社会的文本，以及民众生活史的文本。

我先回答这位意大利女学生的问题，中国

古代男尊女卑，因为是封建社会，女作家在古代不多。被认为是高贵的文学，诗歌也好，散文也好，几乎没有关于爱情的，起码很少能够读到。苏轼的"十年生死两茫茫"也是在他妻子去世十年以后写的，不能算是爱情诗歌。

对当时的贵族来说，他们认为在文学里谈爱情不是一个高级的话题，但是在中国的民歌里，几乎都是爱情。所以贵族不谈论爱情没关系，老百姓都在谈论爱情。因为男尊女卑，女性作家的作品比率比较低，虽然如此，仍然有不少杰出的，比如李清照。

你读现代文学的话，可以读鲁迅的小说，我认为鲁迅笔下的女性，一点也不比张爱玲的差，未必就是女性作家写出来的女性，就比男性作家好，就好比男性作家写出来的男性，未必就比女性作家写出的男性吸引人。这需要一个比较系统的从头到尾的一个阅读，才能够找到文学作品反映中国女性从古到今的变化，是能够找到的，但是需要比较多的阅读。

然后再回答这位中国朋友，你应该是意大利国籍了吧。对写作题材的选择其实是个人的选择，对于每个人来说，思想的自由是一定能有保证的，所以我在选择写什么的时候，不会去考虑是否能够出版的问题。而且小说没有问题，因为小说是虚构作品，至今为止我没有一部小说是不能出版的。你手里拿着的这本书，那是给《纽约时报》写的专栏文章的结集，写的没有什么限制。一个作家写什么，这是他自己的选择，是谁也阻挡不了的，至于写完以后能否顺利出版，是写完以后再考虑的事，创作的时候最好不要去考虑，考虑这些会影响自己写作的激情和信心。

关于死亡的问题,我已经不知道该怎么讲述这个话题了,之前讲的太多了,我来讲讲别人怎么谈论死亡的,因为我自己说的已经太多了。我记得一个古罗马的政治家在纪念在战争中牺牲的年轻人时,说了这样一句话:我们这一年的春天被夺走了。还有一个例子是马尔克斯的比喻,他说如果父母健在,你和死亡之间隔着一层垫子,如果父母死去了,那层垫子就被抽走了,你就直接坐在死亡上面。

2018 年 11 月 15 日,
米兰国立大学

  谢谢兰珊德,我二十多年的老朋友。今天

的话题叫文明,话题一个比一个难。文学对我来说相对容易一些,文化已经很困难了,说到文明我基本上是白痴。我们这里的话筒倒是越来越文明了,第一天迦菈(现场翻译)说话的时候我得给它关掉,我说话的时候,迦菈要把她的话筒关掉,否则会发出互相干扰的杂音,现在不需要关掉了,两个话筒可以共存了,文明走得比我们快,什么原因?这两个话筒告诉我们,技术进步是主要原因。

我们中华文明有五千年,我不知道是怎么计算出来的,我知道中国有国家的历史是三千年。古罗马的文明,也是非常悠久,有古罗马、西罗马帝国、东罗马帝国,都跟现在意大利的疆土面积不一样。兰珊德在北京做过四年新闻参赞。她离开的时候,当时的大使给她举办了一个欢送会,在意大利驻中国使馆最大的大厅里边,挤满了人,人跟人都挨在了一起。北京著名的文化人物和外地的基本上都来了,当时很难见到的张艺谋、王朔这样的人,都是最早到的。这可以看成是中华文明欢送罗马文明。兰珊德是我们中国作家、艺术家的朋友。

文明是一个很大的话题,我本来以为文化最大,今天知道了文明比文化还要大。文学是文化的一部分,而文化又是文明的一部分。我们现在提到文明的时候,我所理解的,大概有两种说法。一种是从政治学或者是从文化学、历史学这样的学术方面讲述的文明,还有一种是我们在生活中所提到的文明。

有一本在中国很受欢迎的政治学著作,亨廷顿的《文明的冲突》。冷战时期就是社会主义阵营和资本主义阵营之间的敌对关系,1990年苏联解体,东欧剧变之后,冷战结束。亨廷顿写了他那本书,他认为世界今后的冲突将不再是意识形态方面的冲突,而是文明的冲突。他把文明分成七种,然后他说可能还有第八种,第八种是指非洲的文明。他里面有一个地方我不太明白,他为什么把中国文明和日本文明区分开来,其实这两个文明是很接近的。也可能是日本比中国更早融入西方世界,和西方世界对话,同时日本在保护他们自己的传统文化方面也做得很好。中国经历了"文革",传统文化遭受了很大的破坏,"文革"结束之后,我们对自己的文化传统的保护也做得很好。

记得1983年年底,我终于不做牙医了,去文化馆工作。我发表小说以后就可以去文化馆工作了,那时候有一个重要的工作叫民间文学三套集成。我到文化馆后第一个工作就是去乡下搜集民间文学。我在《活着》开头写的那个年轻人穿着拖鞋、带着草帽、背个水壶在乡间的小路上到处游荡，写的就是我。由于经历了十年的"文革"，我们很多老的民间艺术家已经进入他们生命的晚年，假如那时再不去搜集的话，很多优秀的民间文学就会消失。当时我们中国刚刚开始改革开放，国家还很贫穷，政府仍然拿出很大一笔钱来做这个工作。那么多年过去以后，我回过头去看看，这真的是一个非常了不起的举措，保护住了我们的民间文学。

扯开去了，从生活角度对文明的理解也许更适合我。刚才坐下来的时候，迦菈向我提了一个问题。前天和昨天迦菈给我做了两天的翻译，今天是第三天，她很辛苦，一直没有时间提问题，她刚才向我提了一个问题："你的小说里面为什么会有那么多关于厕所的场景？"

我想了一下，好像《兄弟》里面关于厕所的

场景比较多，其他小说里是正常。在我小时候，一直到长大，到八十年代，中国的绝大多数人，除了少数的高官，绝大多数人的家里是没有卫生间的，要上厕所只能去公共厕所。女厕所怎么样我不了解，男厕所我还是熟悉的。男厕所就是一排，而且大部分的男厕所都是要蹲在那儿的，蹲坑。所以厕所在那个时代是大家聚会的场所，大家一块儿蹲在那儿，一边排泄一边聊天。有些人可能平时不怎么说话的，在上厕所的时候开始说话了，说这个、说那个，不少人由于经常在相同的时间上厕所，所以他们成了朋友。后来中国社会发生了巨大变化，家里都有卫生间了，所以那个地方不再是聚会的场所。过去的厕所是没有冲水的，只有农民来挑粪的时候把粪便取走，现在的公共厕所都是用水冲洗的，很干净。男厕所里的小便池，你要走上那个台阶，面对那个墙，然后小便。所以在中国，"文明"这个词出现的频率最高、最多的，就是在中国的公共厕所的男厕所里。几乎每个厕所小便池的墙上都会写着：上前一小步，文明一大步。就是因为有些人不文明，他连走上台阶那一步都不愿意走，直接就在厕所里边随地小便，这是一个生活中的不文明行为。

"上前一小步，文明一大步。"是我看到的最文明的一句话。在过去，在上世纪九十年代的时候，我印象很深，那个时候中国的公共厕所还没现在这么多。你要想上厕所，但又找不着的时候怎么办？你就会找一个角落，然后去那里解决一下，那个角落往往是别人家的堵外墙。你小便的那堵墙假如是某一个单位的墙的话，它的上面会写一条标语，相对比较文明点："在此小便，罚款一百。"如果你面对的是一户人家,那就不客气了:"在此小便,断子绝孙。"旁边还画了一把剪刀。

亨廷顿分开来说中国文明和日本文明,现在想想还是有一点区别的。你在日本的公园里小便的话,日本人看见会报警,但是你在中国的公园里小便,中国人看见以后不会报警。所以你们去日本的话千万不要在公园里小便,去中国的话实在不行了可以,所以我们中国文明比日本文明包容,而且日本的公园里大多没有厕所,中国的公园里几乎都有厕所。

我们回到兰珊德这里,兰珊德提到鲁迅的忧患意识。我觉得和作家生活的时代有密切关系,鲁迅所处的时代刚好是中国社会大变革的时代,我们这一代作家所处的时代也是中国社会大变革的时代，我们这一代自然会非常关心国家的命运、民族的命运，我这里所说的民族不仅仅是指汉族，包括中国所有的民族，否则我们的朋友阿来会不高兴，一提民族就是汉族，好像跟其他民族没有关系。当我们说用汉语写作的时候，阿来就不喜欢汉语这个词汇，他说他是用中文写作，确实应该注意这一点，我们以后少用汉语这个词，用中文可能更好，因为我们有56个民族，都在用这样的语言，叫成汉语不是太好，叫中文很好。这是另外一个话题了，我们重新回到兰珊德的忧患意识。

我觉得忧患意识是在生活经历里不自觉成长起来的一种意识。可能由于历史的原因，中国人的忧患意识不仅在知识分子那里，就是在普通民众那里也是很普遍的。中国每次出现一个什么事件的时候，网民们就会写一些很有意思的段子，那些段子里充满了忧患意识，忧国忧民。我觉得忧患意识是我们中华文明的传统，而且现在依然是普遍存在。

你们到北京，在座的意大利学生，如果你们中文足够好的话，在北京坐出租车，就会发现出租车司机说话很有意思，好像他是国家总理，他会给你谈政治经济，他会有他的想法，这个国家应该往什么方向发展，我觉得这是中国人一个很好的品质。开着出租车，想着总理的事。上海人没有北京人那么会说，但是上海人也忧国忧民，上海的司机是开着出租车想着上海市市长的事。我们海盐人是骑着电动车想着县长的事。在我老家海盐，老百姓骑着电动车上班时脑子里边总是会去想县长的事情。

这是忧患意识在中国民间的一种表达方式。

时代在变化，作家的生活也在变化，那么写作肯定也会变化。假如中国没有变化，我不会写出《兄弟》《第七天》这样的作品。作家不是为了写变化而去写变化，是由于作家生活的时代变化以后，作家自己也变化了，所以他自然而然的就会写出这样的作品来，所以重要是在作品变化之前，作家自己已经变了。现在要我重新去写《活着》《许三观卖血记》这样小说，我已经写不出来了，因为我已经没有那个时候写作的情感和想法等诸如此类的，必要条件失去了，所以我只能写现在的作品。

我觉得在国外旅行的经验很重要，《兄弟》这样的小说，就是我在国外旅行经验里产生出来的一部作品。我一直生活在中国，经历了"文革"和改革开放这样两个完全不同的时代，经历了翻天覆地的变化，因为是亲身经历，每一天每一个小时每一分钟每一秒都在经历,所以反而并不敏感,对这样的变化并不敏感。1995年以后我经常出国,参加各种活动,会跟一些外国朋友聊天,他们会讲他们的生活故事,我会讲我的生活故事,讲我的小时候是什么样的,中国是什么样的,讲现在中国是什么样的,然后我发现那些外国朋友们的表情都非常惊讶,他们很难想象我同时经历过这样的两个时代。我开始意识到这个题材是多么的重要,一定要把巨大的变化作为一部小说写出来,我就写下了《兄弟》。

我的写作是这样的,刚开始是在什么地方都能写,那时候生活条件很差,我没有一个自己的独立房间,我只能跟别人住在一起,仍然要写作。我和莫言在一个宿舍里住过两年,我们用两个柜子把房间隔开。那时候,北京师范大学和鲁迅文学院办了一个创作研究生班,我们是同学,我们两个人住一个宿舍,整整两年,我所有的毛病他都知道,他所有的毛病我也都知道,但是我不说,因为我一说的话,他也要说了。我们写字桌都是朝着同一面墙的,两个柜子并排放着,就把我们两个人隔开。我们写累的时候往椅子上一靠,我往那边一看,他刚好往这边一看,我们两个经常通过两个柜子的缝互相对视一下,感觉非常不好。我感到自己写作状态最好时候,一看到他的眼睛,灵感就没了。他也一样,他说他写得最好的时候往后一靠看到我以后,状态也没了,不想写了。后来莫言去捡了一本几年前的挂历回来,钉一个小钉子挂在柜子上面,从此以后我们都看不见对方了,写作就变得顺利了。

现在生活条件越来越好,我书房里只要有

一个人，我就会一个字也写不出来了，甚至我的妻子和儿子都不能在我写作的时候进来，进来的话我写作的情绪就没有了。所以当我妻子和儿子看到书房的门关着的时候，他们不会来打扰我，知道我在里边写东西，当书房门开着时候他们有时候会进来，知道我在里边处理别的事情。我在写作时候，无论是白天黑夜，都要把窗帘拉上，这样我的注意力能够集中。有一年我们想买一个大一点的房子，我看房子时还去挑选窗外的景色，我妻子说这对你有什么意义，你的窗帘永远是关上的。我们后来买房子就不考虑外面的景色怎么样了，反正窗帘也不会拉开。

你是华裔第二代还是第三代？你们的家人

希望你们保持中国文化,但是在社会和学校学的是欧洲或者西方的文化,你们觉得两者很难兼容,你们觉得身处文化冲突之中。

我第一天讲座时有一群从布雷西亚过来的中学生,其中一个女孩,她的父亲是从温州过来的,她也是在意大利出生的。她中文说得非常好,中文没有任何问题,当然她的意大利语可能更好,她读和写应该是意大利语更好,到了第二代第三代中文说得很好的其实并不多。这是文化上的一个问题。这方面应该要表扬美国,因为美国是一个移民国家,所以它对移民应该说最宽容。虽然特朗普很糟糕,但是美国这个国家对移民还是不错的。我曾经给《纽约时报》写了两年专栏,后来我没有写下去是我的原因,因为我觉得没有新的观点了,虽然中国永远不缺少题材,但是我已经没有新的观点了,所以我没有写下去。我在《纽约时报》的编辑休厄尔·陈是一个华裔,是一个不会说中文的中国人,他在美国出生美国长大,会说很少的一点点广东话,他祖上是广东人。他当时是《纽约时报》评论版的副主编。他是华裔美国人,他喜爱中国,他觉得自己的根是在中国,所以他要请一个中国人来写专栏,为《纽约时报》写中国。我写了两年以后很抱歉地告诉他我写不下去了,他很失望,过了一年多还写信来说很想念我,说《纽约时报》评论版的人都很想念我,我说抱歉我写不出来了。后来就没有他的消息了,不知道他去了哪里。我作品的英文翻译白亚仁住在洛杉矶,我发表在《纽约时报》上的文章都是他翻译的,也不知道休厄尔·陈去哪里了。前天我在米兰的宾馆里上网查看一下邮件,看到白亚仁的邮件,说在洛杉矶见到休厄尔·陈了,他现在是《洛杉矶时报》的副总编辑,高升了,他让白亚仁问我好。

首先是你在一个什么样的环境里,其次是你个人做出了什么样的奋斗,这两者关系是很重要的。美国有一个华裔政治家骆家辉,曾经做过美国驻中国的大使,之前做过华盛顿州的州长。他就职州长的演讲词我读了,他的祖上一百年前从中国来到西雅图,住在一个很小的房子里,离现在的州政府只有一百米。他说这一百米他们走了一百年。

这次意大利之行到了该总结的时候了。这次去过的所有地方都给我留下了深刻的印象,在罗马的时候刚好是两天的暴风雨,罗马市长下令所有的学校停课,我没事干在房间里边待着。这一次有一个遗憾是没去兰珊德爷爷的家，本来我们准备是18号过去，然后20号回来，可是18号我有事，兰珊德也有事，所以我们约好了明年再去她爷爷家。我是上个月17号到了米兰，18号那天兰珊德告诉我，我行程里最后的安排是到她爷爷的房子去住两到三天。因为这一次没有去成，兰珊德觉得有点对不起我，她变得大方了，她说你明年来意大利到我爷爷家住一个礼拜到十天。

我很满意这次意大利文学之旅，我在每一个地方的讲座都会看到那么多来自意大利的朋友，而且是以年轻人为主，还有很多中国留学生过来看望我。我刚到意大利，傅雪莲就把消息发到脸书上去了，说我到意大利了。我在其他国家的翻译们很嫉妒，他们问傅雪莲，为什么余华总是去你们意大利而不来我们国家？傅雪莲说她不知道。我现在可以告诉你们，因为我喜爱意大利，意大利有两个最大的特点，好玩好吃。刚才兰珊德告诉我这是意大利的文明，我回去以后不再这么直白的说好玩好吃了，我应该说我喜欢意大利的文明。

意大利的学生都很热情，这是第一个印象，第二个是我发现他们抽烟的比较多，很好的习惯，不要相信那些医生们的瞎说，不少医生自己都抽烟。我在来意大利之前去了南宁，在南宁生病了，在广西医科大学第一附属医院里住了半个月，出院后六天我就来意大利了，如果是别的国家我就不去了，但是意大利我还是很想来。

在南宁的时候，一位医科大学的校长来病房看我，身上烟味很重，他在跟我说话的时候手不断伸进裤子口袋去摸香烟，然后发现自己是在病房里手又缩了回来。他抽烟那么多，还是医科大学校长。我见过很多这样的，抽烟的比不抽烟的健康。我有一个朋友，是北京的一家出版社的副总编辑，他一生没有抽过一支烟，结果得了肺癌，十多年前去世了。当时给他治疗的医生，每天抽两盒烟，现在还活着。我看到意大利女孩子抽烟时的样子都很美，男的抽烟时的样子不美，男的应该戒烟，女的可以继续抽，而且那些女孩子卷烟时手指的动作很漂亮。

最后我们应该感谢迦菈这三天来出色和辛劳的翻译，我们为她鼓掌。

逢场作戏的语言

我很高兴和莫言、苏童一起来到牛津大学，我们很久没有一起出来了。我说这次的遗憾是缺了王朔，我们共同回忆了 1998 年 1 月四个人同游意大利的情景。王朔说了一路的笑话，苏童说了一路的英语，我们四个人里面只有苏童会说英语，当时苏童的英语还没有现在这么好，王朔的评价是能不说尽量不说，当时苏童负责对外关系，王朔负责财务支出，莫言和我是没用的两个。苏童说他去年在威尼斯的时候找到了当年我们住过的酒店,外面就是大海,海鸟在那里飞翔,苏童说我们不去看迷人的海景,愚蠢地在房间里玩扑克。我们在意大利游玩了一个月,有一半时间是在房间里玩扑克的。

这次邀请方给我们的演讲题目是"文海寻辞",我的理解是要让我们说说叙述如何寻找语言或者语言如何寻找叙述,所以我用了这样一个题目。

逢场作戏原来的意思是指旧时代中国走江湖的艺人遇到合适的场合就会表演,现在这个成语被出轨的中国男人广泛使用,向自己的妻子或者女朋友解释:"我对她只是逢场作戏,对你才是爱。"这也是危机公关。我在此引用这个成语时删除了第二个意思,保留第一个意思。就如什么样的江湖艺人寻找什么样的表演场合,什么样的叙述也在寻找什么样的语言。

在我三十七年的写作生涯里，曾经几次描写过月光下的道路。1991年我写下的中篇小说《夏季台风》，这是1976年唐山大地震之后，一个南方小镇上的人们对于地震即将来临的恐惧的故事。开篇描写了一个少年回想父亲去世时的夜晚："在那个月光挥舞的夜晚，他的脚步声在一条名叫河水的街道上回荡了很久，那时候有一支夜晚的长箫正在吹奏，伤心之声四处流浪。""月光挥舞"暗示了他内心的茫然，虽然有长箫吹奏出来的伤心之声，但是情感仍然被压抑住了，因为少年不是正在经历父亲去世的情景，而是正在回想。

一年以后，1992年我在写作《活着》的时候，福贵把死去的儿子有庆埋在村西的一棵树下，他不敢告诉瘫痪在床的妻子家珍，他骗家珍儿子上课时突然昏倒,送到医院去了。瞒是瞒不住的,家珍知道后,让福贵背上她来到村西儿子的坟前,看着家珍扑在儿子坟上哭泣,双手在坟上摸着,像是在抚摸儿子。福贵心如刀割,后悔自己不应该把儿子偷偷埋掉,让家珍最后一眼都没见着。《活着》的叙述是在福贵讲述自己的一生里前行的,福贵是一个只上过三年私塾的农民,叙述语言因此简洁朴素。有庆在县城上学,他早晨要割羊草,担心迟到他每天跑着去城里的学校,家珍给他做的布鞋跑几次就破了,福贵骂他是在吃鞋,有庆此后都是把布鞋脱下来拿在手里,赤脚跑向城里的学校,每天的奔跑让有庆在学校运动会上拿了长跑冠军。因为有前面这些情节,我在写到福贵把家珍背到身上离开有庆的坟墓来到村口,家珍看着通往县城的小路说有庆不会在这条路上跑来了，这时候我必须写出福贵看着那条月光下小路的感受，我找到了"盐"的意象，这是我能够找到的准确的意象，因为盐对于农民是很熟悉的，还有盐和伤口的关系众所周知。与《夏季台风》里那个情感被压抑的句子不同，这里需要情感释放出来的句子："我看着那条弯曲着通向城里的小路，听不到我儿子赤脚跑来的声音，月光照在路上，像是撒满了盐。"

逢场作戏的语言在文学作品的翻译中也是需要的。去年6月我在葡萄牙的时候，见到一位在里斯本大学学习翻译专业的中国留学生，她因为自己的博士论文需要，翻译了我作品中的部分内容，其中有一句是"文革"时期的口号："宁要社会主义的草，不要资本主义的苗。"意思是宁愿挨饿也要政治正确，但是她的葡萄牙男朋友看不懂，对于葡萄牙人来说草和苗没有太大区别，为此她去寻找了葡萄牙文版里的译文，我的葡萄牙译者迪亚哥是这样翻译的："宁要社会主义的草，不要资本主义的花。"把"苗"翻译成"花"，葡萄牙读者立刻明白了。显然，迪亚哥找到了在葡萄牙表演中国戏的合适场合。

2019 年 6 月 12 日

埃米尔·库斯图里卡，没有边境的写作

埃米尔·库斯图里卡，这是我家里最受欢迎的名字之一，也是我朋友里最受欢迎的名字之一。我一直以为这是一个导演兼编剧的名字，去年9月我才知道这也是一个小说家的名字，我在米兰的一家书店里看到了他的一部小说集，可能就是这部《婚姻中的陌生人》，费特里纳利出版，我们是同一家意大利出版社，午饭的时候我询问我们的编辑法比奥，法比奥说已经出版了他两本书。

库斯图里卡没有告诉我他写过小说。今年1月26日，我们在一个山顶的小木屋里喝葡萄酒吃烤牛肉，那是在塞尔维亚和波黑交界之处，景色美丽又壮观，我们从下午吃到晚上，夕阳西下之时，我们小心翼翼走到结冰的露台上观赏落日之光与皑皑白雪之光如何交相辉映，光芒消失之后我们冻得浑身哆嗦又小心翼翼走回木屋，继续我们的吃喝。木屋里有库斯图里卡和我，有佩罗·西米柯，他是波黑塞族共和国总统的顾问，他说他的总统和库斯图里卡是世界上最讨厌的两个人，经常在凌晨两三点的时候打电话把他吵醒，有马提亚院士和德里奇教授，还有给我做翻译的汉学家安娜。那是一个美好的下午和晚上，德里奇教授喝着葡萄酒向我了解《许三观卖血记》里的黄酒是什么味道,我不知道如何讲述黄酒的味道,就告诉德里奇下次来塞尔维亚时给他带一瓶。马提亚院士讲述他读过的中国古典诗歌,他背诵了其中一句:"你只要坐在河边耐心等待,就会有一具你敌人的尸体漂过。"我不知道这句诗出自何处,心想翻译真是奇妙,可以无中生有,也可以有中生无,不过这个诗句确实不错。

然后库斯图里卡开车带我们来到一个滑雪场的酒吧,我们坐下后,他坐到壁炉台阶上,让炉火烘烤他的后背。这时候我想起在米兰书店里看到他意大利文版小说集的事,我告诉了他,并且告诉他出版社的名字,他让我重复一遍出版社的名字,然后叫了起来:"啊,对,费特里纳利。"这就是库斯图里卡,他知道自己的小说在意大利出版了,但是出版社的名字他没有关心。如果我打听他的电影在意大利的发行商名字,他可能也要好好想一想,然后"啊,对……"

这部《婚姻中的陌生人》里收录了库斯图里卡六个中短篇小说,《多么不幸》《最终,你会亲身感受到的》《奥运冠军》《肚脐,灵魂之门》《在蛇的怀抱里》和《婚姻中的陌生人》。我因此经历了一次愉快的阅读之旅,每一页都让我发出了笑声,忧伤之处又是不期而遇。这部书里的故事让我感到那么的熟悉,因为我看过他所有的电影,读过他去年在中国出版的自传《我身在历史何处》,去过他在萨拉热窝童年和少年时期生活过的两个街区,站在那两个街区的时候我想象这个过去的坏小子干过的种种坏事,他干过的坏事比我哥哥小时候干过的还要多,我哥哥干过的坏事起码比我干过的多五倍。

《多么不幸》的故事发生在特拉夫尼克，我没有去过这个地方，但是我读过伊沃·安德里奇的《特拉夫尼克纪事》，我仍然有着熟悉的感觉。《在蛇的怀抱里》讲述了波黑战争，这应该是让我感到陌生的故事，可是我看过他的最新电影《牛奶配送员的奇幻人生》，这部电影就是来自这个故事，我还是熟悉。其他的故事在萨拉热窝，有时候去一下贝尔格莱德，我在阅读这本书的时候，那个熟悉的埃米尔·库斯图里卡无处不在。

埃米尔·库斯图里卡，他用生动和恶作剧的方式描写了这个世界。他的生动在叙述里不是点滴出现，而是绵延不绝地出现，就像行走在夜晚的贝尔格莱德，总是听到在经过的餐馆里传出来库斯图里卡电影里的音乐。他的恶作剧在叙述里不是单一的，而是多样和相遇的，如同多瑙河与萨瓦河在贝尔格莱德交汇到一起那样。

《多么不幸》开头的第一句:"德拉甘·泰奥菲洛维奇之所以被谑称为'泽蔻'——小兔子——是因为他爱吃胡萝卜。"这个叫泽蔻的孩子的生日是3月9日,他的父亲是一个对家庭没有丝毫责任感的人。泽蔻有着连续五年的苦恼,他的父亲斯拉沃上尉总是记不得3月9号是他的生日,可怜的孩子就会希望"要是我能让3月9号从日历上消失,那我的生活就会轻松多了。"

因为有一个三八妇女节,泽蔻问母亲阿依达:"为什么没有属于男人的节日呢?"母亲回答:"因为对于男人们来说,每天都是过节。"泽蔻又问:"可又为什么偏偏是3月8号,而不是别的日子?"他的哥哥戈岚说:"为了让斯拉沃忘了你的生日!"

这位斯拉沃上尉都不愿意抱一下儿子泽蔻。"斯拉沃,我可怜的朋友……你就不能抱抱你的孩子吗?难道会抱断你的胳膊?"斯拉沃回答:"不卫生!"

泽蔻母亲阿依达说过,等孩子们长大成人之后,她就把丈夫斯拉沃一个人丢在那儿,独自远走高飞,连地址都不会留给他。泽蔻的哥哥戈岚"整天眼巴巴盼望着自己什么时候能拿已故的父亲起誓","戈岚毫不掩饰这个关于父亲的阴暗念头。'赶紧断气吧,老东西!'"

这部小说集的最后一篇《婚姻中的陌生人》,库斯图里卡描写了一位与斯拉沃上尉绝然不同的父亲,布拉措·卡莱姆是一位和蔼可亲的父亲:

我的父亲,布拉措·卡莱姆,热衷于

讲述女人们的英勇壮举。他最喜欢的女英雄有圣女贞德、居里夫人、瓦莲京娜·捷列什科娃……当他讲起一位母亲在历史中所扮演的角色,情绪变得十分激动,就连心脏周围的衬衣都随之颤抖,他松了松领带,最后,竟然号啕大哭起来。

"法西斯从萨拉热窝上空丢下一颗炸弹,莫莫·卡普尔的母亲,用自己的身体为她的小蒙西罗搭起一道屏障来保护他。最后他得救了,可卡普尔同志却在爆炸中丧了生!"

泪水顺着他的脸颊流下。我看着他,自己也忍不住哭了起来——没错,哭了!不知究竟是什么感动了我——是我父亲,还是关于这个母亲的故事。

莫莫·卡普尔是一位作家的名字。小说里的"我",也就是布拉措·卡莱姆的儿子,是一个小痞子,此后冒充莫莫·卡普尔的名字招摇撞骗,而且信口雌黄把当时经常出现在电视上的科学家切多·卡普尔说成了他的叔叔,与他的痞子伙伴科罗和茨尔尼整天鬼混在一起,做过的坏事一卡车都装不下,科罗是他们的头儿。库斯图里卡恶作剧般的描写里时常闪耀出正义的光芒,这让我们看到库斯图里卡是一位情感丰富和视野开阔的创作者,他在叙述里让痞子小卡莱姆自我感动地给两个痞子伙伴科罗和茨尔尼讲了那个高尚的故事:

> 我们三个聚在商店门口,喝点儿啤酒,然后等着佩顿的几个小崽子们,好向他们收过路费。我开始讲起莫莫·卡普尔母亲

的故事，却突然鼻子一酸流起眼泪来。科罗立刻抓住我不放：

"哭唧唧的那个人哟……小娘们，走开！"

"就一滴眼泪而已！"

"一个痞子，一个真正的痞子，才不会哭呢。哪怕他老妈刚咽气！"

"那你呢，你老子死的时候，你兴许没哭吧？"

"不许扯我的事儿，记住了？！我是你的头儿。快点儿，咱们到那上面去！"

那位热衷于讲述女英雄壮举的父亲布拉措·卡莱姆是一个瞒着妻子在外面寻花问柳的高手，库斯图里卡这样写道："我父亲并不是按照南斯拉夫标准打造出来的。他身高一米六七，脚下垫着四厘米的增高垫;他的衣服都是找裁缝量身定做的,每次总要十分留心,让裤脚遮住增高垫。"布拉措·卡莱姆对他儿子解释用增高鞋垫是因为他的脊椎,不是为了身高。而他的小痞子儿子觉得男人们的增高鞋垫与女英雄们的光荣事迹不无关系,他注意到父亲看女人的时候"眼睛一眨不眨送秋波"。让女人被盯得难以承受,"好了,卡莱姆同志,求您了!您让我不好意思了。"有一天他父亲从萨格勒布回来后与母亲争吵到深夜,科罗为此信誓旦旦地告诉他:"这表明他在萨格勒布的情妇都把他榨干了。"

这就是库斯图里卡的恶作剧,让一个崇敬女英雄的男人到处搞女人,最后竟然跟儿子在一对姐妹那里汇合了,儿子的是姐姐,父亲的是妹妹。小说结尾的时候父子两个达成默契,父亲请儿子帮个忙,儿子问什么忙,父亲说:

"如果哪天我突然死了,你必须第一个赶到我身边,你得收好我的电话簿,让它永远消失。"儿子毫不犹豫地回答:"好的。"

写到这里我想起了一个真实的事例,也是发生在东欧那里,不是塞尔维亚,当然我不能说出那个国家的名字,以免我的朋友日后被人对号入座。这位朋友在他父亲五十岁生日即将来到之时,与他留学时认识的一位法国女同学联系,邀请她来自己的国家游玩五天,所有的费用由他来出,条件是陪他父亲睡一觉,那位法国女同学同意了,于是他父亲在五十岁生日的晚上与一位年轻的法国女郎共度良宵,他则是陪着母亲喝酒聊天到天亮。在那里,男人过生日时与家人吃完晚饭和蛋糕后,就会出去和朋友们在酒吧里喝酒喝到天亮,所以这位朋友的母亲没起疑心,而且有儿子陪着聊天感到很高兴，她不知道这是儿子的拖延战术。这位朋友的父亲后来得意洋洋地把这个特殊的生日礼物告诉了自己的弟弟，让他的弟弟十分羡慕，希望自己的儿子在他五十岁生日时也能送上这样的礼物。在这个世界上，有时候父与子这样两个男人之间的阴谋，是那些母亲和女儿和姐妹们无法探测到的。

《奥运冠军》和《肚脐，灵魂之门》应该是这部书里的两个短篇小说。《奥运冠军》显示了库斯图里卡刻画人物的深厚功力，一个名叫罗多·卡莱姆的酒鬼，曾经五次获得过南斯拉夫业余无线电爱好者比赛冠军，这个热心肠的酒鬼总是醉醺醺地问别人："我亲爱的，你们有什么需要吗？"他没有一次的出现是清醒的，直到最后烧伤后浑身缠着绷带躺在医院里才终于是清醒的，但是口齿不清了。库斯图里卡把罗多·卡莱姆的醉态描写的活灵活现。

《肚脐，灵魂之门》是库斯图里卡的《波莱罗》，他把拉威尔的变奏融入阿列克萨这个孩子一次又一次对阅读的抵抗之中，这个短篇小说里出现的第一本书是布兰科·乔皮奇的《驴子的岁月》，最后也是这本书，就像所有的变奏都会回到起点那样，阿列克萨终于读完了人生里的第一本书。为了庆祝儿子读完第一本书，父亲把《驴子的岁月》的作者布兰科·乔皮奇请来与阿列克萨见面，让阿列克萨紧张的说话都结巴了。当母亲在阿列克萨耳边私语："跟他说说你觉得《驴子的岁月》怎么样……"儿子回答："有什么用，他比我更清楚！"

变奏的技法在小说中出现时很容易成为无聊的重复，然而库斯图里卡有办法让重复的叙述引人入胜。结尾出人意料，是布兰科·乔皮奇的结束。"第二次世界大战后,布兰科·乔皮奇从波斯尼亚的戈脉契山里来,到贝尔格莱德寻找他的叔叔。没有找到人,他睡在了亚历山大·卡拉乔尔杰维奇桥上。"多年之后,当"灵魂已被南斯拉夫的悲剧吞噬"之后,布兰科·乔皮奇又来到了贝尔格莱德,库斯图里卡在小说的最后这样写道:

> 一天,布兰科·乔皮奇重新回到了他曾经在贝尔格莱德睡了一夜的地方。没有一个人向他致意。一个女人停下来,一脸困惑地盯着他走到桥的另一端,微微抬起胳膊向他致意。现在轮到布兰科停下了脚步,在跨过桥栏前,他瞥见了这个女人,也看到了她的手势,知道她想向他致意。他转身朝向她,回应了她,然后匆匆跃入

萨瓦河中。

库斯图里卡的写作自由自在，没有人可以限制他，就是他自己也限制不了自己。他小说中的情节经常是跳跃似的出现，这可能与他的电影导演生涯有关，很多情节与其说是叙述出来的，不如说是剪辑出来的，所以他笔下的情节经常会跳到一个意料之外的地方，是否合理对他来说不重要，重要的是他是否感受到了讲故事的自由。

在上海的时候，他给我讲过准备拍摄的下一部电影，他讲述了第一遍，又讲述了第二遍，我感觉他是在自言自语，讲述到第三遍的时候，突然里面一个重要的情节逆向而行了，一下子颠覆整个剧情，他的眼睛盯着我，等待我的反应。我说直觉告诉我这样更好。他微笑了，直觉也告诉他这样更好。我看着他,心想坐在对面的这位塞尔维亚朋友的思维里没有边境,他的思维不需要签证可以前往任何地方。

他小说中的情节经常是这样,经常会突然逆向而行,就是细节也会这样。在《最终,你会亲身感受到的》里,表兄内多偷偷教还是孩子的阿列克萨如何自慰:"你往浴缸里倒好热水,然后关起房门,接下来你泡到水里……让你的右手动起来吧!"阿列克萨勃然大怒:"可我是左撇子啊!"

在前南斯拉夫,在塞尔维亚,很多人认识埃米尔·库斯图里卡。去年6月我们在贝尔格莱德的两次晚餐结束离开时,就会有人走上前来请求与他合影,他很配合影迷的请求,眼睛友好地看着镜头。今年1月27日,他开车带我们几个人从塞尔维亚的木头村前往波黑塞族共和国的维舍格勒。冬天的树林结满了霜，漫山遍野的灰白色，我们在陈旧的柏油公路上一路向前。来到波黑边境检查站时，一些车辆在排队等待检查，边检人员认真查看坐在车里人的证件和护照，我们的车绕过那些车辆以后放慢速度，库斯图里卡摇下车窗玻璃，对着一位波黑边境的检查官挥挥手，那位检查官看见是库斯图里卡也挥挥手，我们的车不需要检查证件护照就进入了波黑。

我笑了起来，听到我的笑声后，库斯图里卡的双手在方向盘上做出了演奏的动作，他说："这个世界上不应该有边境。"

2018 年 7 月 26 日

答波士顿广播电台评论员
威廉·马克思

威廉·马克思：《在细雨中呼喊》是1991年您三十一岁的时候写的，是您的第一部长篇小说。在这本书里，您从一个男青年的角度记述六七十年代一个家庭的困难生活。回过头来，您今天怎么看这部小说？如果现在有机会修改或增订的话，您会做一些改动吗？

余华：是的，这是我的第一部长篇小说，在此之前我已经写了七年，有五部短篇小说集，有三十多个故事了。1991年的时候我决定写作长篇小说了，说实话我那时候对写作一个很长的故事没有把握，此前我最长的故事也没有超过五十页，那时候我不知道怎样才能将一个故事写到三百页，可是我想写作一个长篇小说的欲望非常强烈，我告诉自己：别管那么多了，写吧。于是我开始写作《在细雨中呼喊》了。写作其实和生活一样，生活只有不断地去经历，才能知道生活是什么；写作只有不断地去写，才会知道写作是什么。然后我就找到了这部小说的结构，我不是用故事的逻辑来完成这部小说，而是用记忆的逻辑来完成，记忆不是按照时间的顺序出现的，是按照情感的顺序出现，比如说五年前的一件往事很可能勾起一年前的往事，然后再勾起十年前的往事，接着又勾起昨天的往事……如此连接下去，让情感不断深化。今天距离我完成这部小说整整十六年了，这部小说对我非常重要，因为从此以后我开始喜欢写作长篇小说了。我觉得写作短篇小说是工作，而写作长篇小说是生活。为什么？因为短篇小说总是在几天内或者十几天内完成，而且是在自己构思的控制下完成，很少有意外的出现；长篇小说的写作完全不一样，需要一年或几年甚至十年的时间来完成，这期间作者的生活也可能会变化，于是原有的构思也会变化，或者完全抛弃了原有的构思，写作长篇小说经常会有意外的出现，所以我说它像是在生活。大家都喜欢生活，可是很少有人喜欢工作。至于是否会修改和增订自己的旧作，我想我不会这么做，虽然我曾经有过这样的想法。我已经完成四部长篇小说，每一部完成的时候都在想以后有机会再修改或者增订，可是事实上我从来没有这么做过，这样的想法只是为了欺骗自己将小说拿出去出版，因为我知道自己的每一部小说都存在着瑕疵，只是暂时没有发现，出版几年以后会逐渐地发现。问题是没有一部小说是完美的，总是有瑕疵存在，而且修改和增订本身可能会增加新的瑕疵。所以我觉得一个作家对待他过去的作品，正确的态度应该像对待文物一样，保持它们的本来面貌。

　　威廉·马克思：您曾经说过，如果要了解当代中国，就必须了解"文革"那个时代。《在细雨中呼喊》中的贫穷、粗暴的农村人物如何帮助我们了解当前的中国社会？

余华：《在细雨中呼喊》中的主要部分记录了二十多年的生活，从1960年代到1980年代，也就是从"文革"生活开始，写到改革开放初期的生活。这二十多年仍然是贫穷和压抑的，我想这本小说里的贫穷一目了然，至于精神上的压抑，从故事的叙述者那里也可以感受到，而里面人物的一些粗暴言行，尤其是孙广才，其实也是对精神生活压抑的表达。在一个精神压抑的社会体制里，人们常常是以性格的粗暴来表达自己人性的呼喊。为什么我要用《在细雨中呼喊》这个书名？因为细雨中的景象总是灰蒙蒙的，总是压抑的，而呼喊是生命的表达，是人性对精神压抑的暴动。我们只能用粗暴的言行来表达自己人性的存在，虽然十分可悲，可是我们中国人就是这样生活过来的。

威廉·马克思：在他的序文中，译者白亚仁指出"与余华的不少其他作品相比，《在细雨中呼喊》离作者的生活经历似乎更近一些"。此书自传的成分到底大不大？这个问题有意义吗？此书的自传性质有多重要？

余华：在我完成的四部长篇小说里，《在细雨中呼喊》和《兄弟》的人物的年龄和经历与我最相近，所以认为它们与我的个人生活最接近是很正常的。其实这两部小说里的自传成分和我的另外两部小说《活着》和《许三观卖血记》一样多，对于一个作家来说，每一部作品都是他的自传，也可以说都不是他的自传。因为作家在他的每一部作品里都倾注了自己的内心情感和生活感受，来创造出不是作家本人的人物，只是有些作品中的人物与作家的年龄经历相近，有些作品中的人物相远而已。

威廉·马克思：中国读者和外国读者看待《在细雨中呼喊》有什么不同的态度？

余华：有些问题我在中国读者这里不会遇到，可是在西方读者那里可能会遇到。我只是努力写下中国人的生活，重要的是生活是包罗万象的，包括了历史、政治、经济、地理等等，也包括了人的思想、情感和梦想等等。中国的读者在中国的社会体制里生活过来，他们阅读我的作品，只是感受到我写出了他们熟悉的生活。而西方的读者因为在不同的社会体制里生活，所以他们总是对我作品中的一些涉及政治的因素十分敏感，这也是很正常的。

威廉·马克思：您希望以英语为母语的读者读完《在细雨中呼喊》后会有什么样的收获，什么样的心得？

余华：《在细雨中呼喊》的原文是优美的中文，我的朋友白亚仁用优美的英文翻译出来了，我希望英语读者在品尝白亚仁优美的英文时，可以想象中文的美丽。然后我希望英语读者可以感受到中国人的生活态度和生活历史，这和西方人的生活有所不同；最后我真正希望看到的是，就是英语读者能够在这本中国小说里读到他们自己的感受，或者唤醒他们记忆深处的某些情感。

威廉·马克思：《在细雨中呼喊》在某种程

度上符合成长小说的模型，比如，它描述一位被异化的年轻叙述者对性的探索以及他尽量逃避让他窒息的家庭生活的经历等情节。但同时，另外还有一个儿子用他父亲的尸体作武器这样的超现实主义情节。这本书离现实到底有多近或者多远？

余华：事实上从写作开始我就不希望这是一部成长小说，虽然它具有成长小说的模型，我希望通过这样一种叙述方式表达出更加广阔的内容，所以我也写下了作品中"我"出生前的故事。我坚信一部优秀的小说在叙述上应该是自由的，应该有时候离现实很近，有时候又很远。我觉得《在细雨中呼喊》做到了这一点，它和现实的关系就是这样，时远时近。

威廉·马克思：您的早期著作的实验风格曾经引起争论，后来在《活着》与《许三观卖血记》中就转变到较传统的叙述方式。在这个演变过程当中，《在细雨中呼喊》的位置是什么？它与您的其他作品的关系是什么？

余华：中国的批评家们一直在津津乐道我从《在细雨中呼喊》以后的改变，讨论我的写作风格为什么越来越朴素了？他们研究我的时候连我的儿子也不放过，说我是当上了父亲以后才变得朴素起来，我觉得他们说得都有道理。但是我自己真正感受到的变化是，从写作《在细雨中呼喊》开始，我发现虚构的人物会有他们自己的声音。这是我以前写作短篇小说所没有的经验，短篇小说篇幅太短了，我还来不及听到人物自己的声音，故事就结束了。长篇小说就不一样了，我有足够的时间来倾听虚构人物的声音，这是很奇妙的，写作进入到美好状态时，常常会感到笔下人物自己说话了。然后我意识到，虚构的人物其实和现实中的人一样，都有自己的人生道路。作者应该尊重笔下的人物，就像尊重他生活中的朋友一样，然后贴着人物写下去，让人物自己去寻找命运，而不是作者为他们寻找命运。于是我的写作就会不断地出现意外，这是《在细雨中呼喊》给我带来的乐趣，从此以后我真正明白了什么才是写作的乐趣，后来完成的《活着》《许三观卖血记》和《兄弟》，让我不断扩大了这样的乐趣。现在当我回想起自己以前写下的人物时，我常常觉得他们不是虚构的，而是曾经在我生活中出现过的朋友。

威廉·马克思：您的作品已被翻译成了好几种外文。您现在写作时，心里是否考虑到国际读者的兴趣和需求？

余华：不会考虑国际读者的兴趣和需求，就是中国读者的兴趣和需求我也不会考虑，因为我无法考虑。我的写作不是面对一个或者几个读者，而是几十万和几百万的读者，中国有句俗话叫众口难调，再好的厨师做出来的菜也不会让所有人都爱吃。我只能按照自己的方式写作，我尊重读者，但是我不会因为他们的兴趣而改变自己的写作。好比是一位 NBA 的主教练，如果他按照球迷的意见来布置上场球员，那么一场比赛他将会让四百多个球员上场了，当然这是规则不允许的，NBA 联盟里总共只有四百五十个球员。

威廉·马克思：您最新的长篇小说《兄弟》讲了两个兄弟的故事，记述了他们在当代中国怎么去谋生，记述了他们在事业上、在性生活中的哀乐兴衰，在中国是畅销书。如果您要把《在细雨中呼喊》与《兄弟》作比较，您觉得主要共同点与不同点是什么？

余华：《在细雨中呼喊》和《兄弟》有什么相同的地方？有一点相同，就是里面主要人物的年龄都和我这个作者相近。《兄弟》分成上下两部，上部讲述的是"文革"时期的故事，下部讲述的是今天中国的故事，这是两个绝然不同的时代，我用了天壤之别这个成语。我很高兴《兄弟》的英文翻译已经完成了初稿，我的编辑芦安已经和她的助手、一位文字编辑一起开始编辑工作了，2008年秋天的时候，将由万神殿丛书出版。

威廉·马克思：从写作《在细雨中呼喊》的时候到现在，中国对作家的态度产生了什么样的变化？在市场经济的环境中，作家的地位与待遇比以前好，还是比以前差？

余华：西方的记者总是惊讶我的作品为什么没有在中国被禁止，可是在中国，无论是读者还是记者，没有人认为我的作品应该被禁止，从这一点就可以看出来，中国的政治气氛和社会气氛越来越宽容。当然今天的作家面临新的挑战，在市场环境里如何存在？有一些作家的地位和待遇确实比以前好多了，可是还有一些作家可能更差了。这是市场环境的共性，其他行业也一样,不会所有的人都好起来,总有一些人的处境变差了。

2007 年 10 月 11 日

答《纽约客》小说主编德博拉·特瑞斯曼

德博拉·特瑞斯曼:《纽约客》这一期刊载你的小说《胜利》涉及一个相当普遍的情况:一个女人发现她的丈夫对她不忠诚(起码情感上如此,即使没有发生性关系)。然而,与其说这个发现的后果是一次婚姻中的危机,不如说是一种意志的战斗。据你的理解,林红为什么以她这个方式应对她的发现?

余华：是的，这个故事讲述的确实是一种意志的战斗。林红发现丈夫李汉林的不忠之后的反应是惩罚他，不是结束婚姻，可是她又没有找到惩罚的方法。在这场意志的战斗中，看上去林红占据了主动，其实没有，她一直处于被动之中，她在等待李汉林惩罚自己，等待李汉林找到解决这场危机的方法。李汉林在家里低声下气，唯恐什么地方惹怒了林红，看上去他十分被动，实际上他并不被动。两个人在面对这个危机时，采用的方式虽然不同，可是都在消耗对方的意志。因为双方都不想因此结束婚姻，所以意志的拉锯战只能持续下去，用中国人的话说是钝刀子割肉。

德博拉·特瑞斯曼：小说的题目，以及最后几句话，意味着林红是这场战斗的胜利者。但是，她到底赢得了什么？

余华：小说结尾的时候林红胜利了，在她的要求下，李汉林做了似乎是羞辱自己情人的动作，至少在林红看来是这样。当然她只是在心理上胜利了，婚姻继续下去，此外她并没有赢得什么。

德博拉·特瑞斯曼：你很小心地不让我们从李汉林的角度了解这个故事，除了个别比较关键的地方以外。他是否也觉得他获得了胜利？还是他会觉得他输了？

余华：李汉林被林红发现婚外情之后，一

直夹着尾巴做人，其目的就是保住婚姻，所以相比林红，他更像是一个胜利者。不同的是，林红是一个公开的胜利者，李汉林是一个悄悄的胜利者。

德博拉·特瑞斯曼：在林红发现了丈夫的秘密以前，你如何想象这一对夫妻的婚姻？

余华：这个问题很重要。我在写小说的时候，必须去考虑很多不会写进小说的内容，这些会帮助我更加准确地去叙述小说中所要表达的内容。我设想过林红和李汉林之前的婚姻状态，就像比较普遍的婚姻那样，他们的生活很平静，很少有争吵的时候，也很少有兴奋激动的时候，与其说是他们正在相爱，不如说是他们正在生活。反而是危机出现后,他们发现是相爱的。

德博拉·特瑞斯曼:《胜利》被收入《黄昏里的男孩》一书,这个集子的英文版将于明年1月出版。此书的副标题是"隐秘的中国的故事",许多篇章的主人公是处于劣势的小人物,是在当代中国社会受欺负的弱势者。你认为林红也属于这一类人群吗?这些故事在什么意义上是"隐秘的"?

余华:这部集子表达的是中国人的日常生活,在今天的社会里,人们关注的是一系列事件,日常生活总是被忽略,事件成为公开的故事,日常生活反而成为隐秘的故事。我想,这可能就是"隐秘的"在文学中出现时的意义。

德博拉·特瑞斯曼：在你以前的一些作品中，例如《活着》与《兄弟》，你触及了"文革"的残忍的暴力。《黄昏里的男孩》收集的小说，显得更温和。这是因为你作为写作者发生了转变，还是因为你的国家发生了转变？

余华：我的写作总是在变化，因为我的国家总是在变化，这让我的感受变了，看法也变了。另一方面，我的写作有着不同的层面，有《活着》和《兄弟》这样触及"文革"的残忍和暴力的作品，也有《黄昏里的男孩》这样温和的作品。这和我具体的写作有关，有时候是题材决定的。比如我刚刚出版的小说《第七天》，表达的是今日中国，具体说是2011年中国的现实。讲述了一个人死去后的七天经历，生者的世界充满悲伤，死者的世界却是无限美好。这是一部用借尸还魂的方式来叙述现实的小说，我自己觉得写得很有力量。

2013年8月19日

答《洛杉矶书评》编辑梅兰

梅兰：在中国作家当中，你喜欢看谁的作品？你更喜欢看哪样的作家的作品？（比如说批判的、文化散文大家、历史小说家，等等）为何？在中国历史上最被低估的作家是谁？最被高估的呢？为何？

余华：古典小说中我最欣赏的是笔记小说，从唐宋传奇到明清笔记小说，很短很传神，作者也很多，无法一一列举。古典散文首推《古文观止》，这是必读书。20世纪的作家里，鲁迅应该是我最喜爱的作家，他写下的每一个字都像是一颗子弹，直奔心脏而去的子弹。鲁迅同时代的郭沫若是中国现代文学史上最被高估的作家，沈从文曾经是最被低估的作家，但是现在他已经获得了应有的文学地位。

梅兰：您说郭沫若是中国现代文学史上最被高估的作家和沈从文是最被低估的作家，为什么？请您详细说明一下。另外，你没有提到任何21世纪的作家。为什么？

余华：郭沫若在很长一段时间里有着和鲁迅一样的文学地位，可是他写下了什么？现在已经没有什么人关心了。沈从文虽然在"文革"结束以后被中国大陆的文学界和读者重新认识,但是我觉得他的文学价值直到今天仍然是被低估的,很多作家在小说里描写景色时只是景色,他笔下的景色像人物一样有血有肉,这是了不起的。至于21世纪的作家,他们还在继续写作,评价他们还需要更多的时间。

梅兰:请您简单地谈一下当前中国文学的格局及其面临的问题。

余华:中国当前的文学可以说是丰富多彩,什么样的作家都有,于是什么样的文学也都有了。从我个人的角度来说,中国当前文学面临的最大问题是如何表达今日中国的现实。因为现实比小说荒诞了,如何再用小说将荒诞的现实叙述出来不是一件容易的事。

梅兰:在几十年中,中文的变化多大了?有的人说不能用老眼光来评价现在的中文和文学。但是也有的人说目前中文面临西化危机,而危机日渐迫近。您同意哪个看法?怎样能长保中文的健康?

余华:中文变化很快,但是主要不是西化的问题,是网络语言的冲击,我时常看不懂新冒出来的语言,需要去查询才能明白其意思。不过我没有因此担心,语言其实一直在自我更新,有价值的新语言会留存下去,没有价值的会自然消亡。

梅兰：您怎么看老百姓的阅读习惯？比如说阅读后反思了吗？几年来，各种智能移动终端的崛起，极大改变了人们在阅读上的行为习惯。作为中国作家，您怎么看这个趋势？

余华：在地铁里，我看到人们都在用手机阅读了，几乎看不到有人手里拿着书。我很难想象用手机阅读《安娜·卡列尼娜》，我想他们用手机阅读的小说大多是快餐式的小说。由于长期使用手机，现在中国年轻人的大拇指关节磨损很快，疼痛开始折磨他们了，也许有一天中国的年轻人会回到正常的阅读方式。我觉得使用 Kindle 阅读还是不错的。

梅兰：您的作品在中国和西方国家都受欢

迎，吸引了来自世界各地的读者。这对你来说有什么意义？为什么您的作品有如此广泛的吸引力？（就像张爱玲，她的作品也很受中西方读者的欢迎）您觉得中国目前还有哪些作家可以像您这样受到如此的拥戴？为了吸引西方读者的兴趣，中国作家要克服什么困难？

余华：我很难解释这个现象，只能用幸运这个词汇，我确实非常幸运。我在中国拥有很多读者，在西方也有不少读者喜欢我的作品。我在写作时从来没有去考虑读者是否会喜欢，更不会去考虑西方读者是否会喜欢，因为读者是各不相同的。我是一个对自己很严格的作家，与同时代的中国作家相比，我的作品很少，因为我从来不宽容自己，必须要让自己非常满意才会将作品拿出去出版。如果我有什么成功的经验的话，就是我写作的时候精益求精。

梅兰：你说中国当前的文学是丰富多彩的，但是当我们谈及中国文学历史上的作家我们主要谈到的是男人。女作家在哪儿呢？您怎么看女作家？在思想界文艺界，两性代表重要吗？为何？

余华：这可能是男作家在数量上比女作家多，所以谈论中国文学时更多的谈论男作家。其实中国从来就不缺少杰出的女作家，比如你提到的张爱玲，还有现在的王安忆。我觉得在文学领域，性别不重要，比如王安忆的不少小说，很难判断出其作者女性的性别。优秀的作家在写作的时候常常是中性的，既要写下男性，也要写下女性，而自己写作的时候是不男不女。

梅兰：文学批评有什么意义？重不重要呢？在中国，当前文学批评的状态如何？前几天在南方都市报上陈思和说文学批评更要关心现实世界。你同意了这个看法吗？为什么？

余华：我赞成陈思和的观点，作家要关心现实世界，批评家也要关心现实世界。在中国有不少人认为文学不应该叙述太多的现实，认为文学应该不和任何东西发生关系。陈思和的一位学生——复旦大学的教授张新颖说文学如果不和任何东西发生关系，那么文学是个什么东西？文学可能不是个东西了。

梅兰：怎么培养文学青年人才？

余华：在中国，年轻的作家都是自己冲出来的，不是培养出来的。因为中国大学的文学教育不像美国的大学，美国优秀的作家和诗人在大学里教授写作，中国的大学里主要是教授文学理论批评和文学史。

梅兰：到中国书店，到处都有所谓的"自主"书或者"如何赚钱"的书。那么，谁在看严肃小说？谁在看纪实文学？读者越来越少的话，这类书是否会正逐渐消失？

余华：确实如此，如何挣钱和如何成功的书非常受欢迎，严肃小说和纪实文学的读者在减少，这个好像全世界都一样，但是好在只是减少，而且减少的速度还不是很快，总是会有新的读者成长起来，他们喜爱严肃的文学作品，所以我一点也不悲观。今天有一位中学生告诉我，他说和同学分享阅读我的《兄弟》，结果被老师发现后没收了《兄弟》这本书，老师训斥他带这样的书来学校是毒害自己毒害同学。因为老师要求他们多读课本可以在考试时有好的成绩，但是他们仍然在读文学作品。

梅兰：有人说时势造英雄。您认为一个作家的成功是因为他所处的时代还是因为其个人的能力和努力？比如，您觉得您作品之所以会成功是否有赖于所处历史社会的独特性呢？当今社会进程又将如何影响青年作家的未来发展呢？

余华：我认为任何一个作家都无法脱离自己和时代的关系，当然表达方式会不一样，有些作品看上去与时代疏远一些，有些作品看上去与时代紧密一些，不管怎样时代对一个作家的影响是深入到血液里的，作家写作的时候会不知不觉将这个时代给予他们的感受描述出来。我自己觉得生活在今天的中国是幸运的，因为可以叙述的故事太多了，但是叙述的角度很重要，当今天中国社会现实比小说更加荒诞时，对于作家叙述的要求也更高了。中国社会的异化已经伤害到了整整一代年轻人，他们崇尚物质主义，但是随着社会问题越来越多，中国的青年作家会改变的，他们最终会像我们这一代作家一样关心社会现实。

2013 年 10 月 25 日

答美国《科克斯评论》编辑梅根

梅根：这些短篇小说是从 1993 年到 1998 年之间写的。它们在中国发表了吗？为什么要等那么久才能在美国出版？

余华：它们在中国发表了，发表在不同的文学杂志上。差不多十年前，白亚仁已经将它们翻译成英文，我的编辑芦安也看了译稿，她很喜欢，计划在美国出版这些故事，可是她一直没有找到合适的出版时机,因为从2003年到2011年的8年里她出版了我另外的5本书,出版了精装本后还要出版平装本,比如2011年底出版了《十个词汇》的精装本,2012年底出版了平装本,所以2014年1月出版这些故事是一个好的时机,芦安找到了一个空隙,到了2014年底,我的新长篇小说《第七天》也要出版英文版了。

梅根:《胜利》曾刊载于2013年8月的《纽约客》,您也经常为《纽约时报》撰稿。您收到美国读者的什么反映?对您来说,让美国读者读到您的作品是否重要,或者是否是您很期待的事情?

余华：美国读者的反应很正面，不少人表示欣赏我所写下的这些，无论是小说，还是在《纽约时报》上发表的文章，他们喜欢里面的幽默和感人的描写。美国是世界上最大的图书市场，可是很多美国读者对外国的故事没有兴趣，外国作家想在美国出版作品很困难，我很幸运，遇到了芦安，她是一位了不起的编辑。美国读者对于任何一个外国作家来说都是重要的，对于非英语国家的作家，英语读者的重要性仅次于母语读者的重要性。

梅根：从上世纪九十年代到现在，世界发生了很多变化，尤其在技术上、在社会交流上。《黄昏里的男孩》的故事在今天的中国也同样会发生吗？还是手机等工具的普及对原有的交流方式已经造成了很大的改变?

余华:《黄昏里的男孩》写下的是人性的故事。是的,世界一直在变化,人也在变化,可是总是有一些东西是不变的,比如人性中的东西,自私和残酷等等,同情和怜悯等等。中国有句俗语:江山易改,本性难移。《黄昏里的男孩》写下的是本性难移这部分,所以这里面的故事现在同样会发生,将来还会发生,只是发生的方式和背景会不一样,实质是一样的。

梅根:我们在书中经常看到欺负人的情况:市民侮辱一个傻子(《我没有自己的名字》)与一个老实巴交的孩子(《我胆小如鼠》);一个流氓在澡堂外面跟人打架(《朋友》);一个小

贩为一个并不严重的罪过进行残忍的处罚。为什么这些人物用这种做法来建立他们的权威？这样的行为，价值何在？

余华：这是我们的生活，也是你们的生活，你指出的这些欺负和侮辱别人的人都是生活在社会底层的人，他们同时也是被欺负者和被侮辱者，这样的故事每天都会在世界各地发生。关键是作者如何去叙述这些故事，我认为作者应该满怀同情和怜悯之心去叙述这些故事。你提到一个小贩为一个并不严重的罪过对一个孩子进行残忍的处罚，这篇是《黄昏里的男孩》，我的一位老朋友翻译完这个短篇小说后说，作者不恨孙福。孙福就是那个残忍处罚男孩的人，我在结尾的时候用很短的篇幅讲述了孙福的不幸经历。

梅根：近年以来，您的书、短篇及社评文章都是由白亚仁译成英文。作者和译者之间的关系是什么？这种持续的合作有些什么好处？

余华：白亚仁是研究中国古典文学的教授，是英文版短篇小说集《往事与刑罚》和《许三观卖血记》的译者安道介绍给我的，十多年前他来到北京，表示想翻译我的作品，我很好奇，一位中国古典文学的专家将会如何翻译我这个当代作家的作品？他给我几篇用中文写的论文，我读完后觉得他的中文好极了，很有文采，当时觉得可能是有中国朋友替他润色过的，后来十多年的交往让我真正了解他的中文水平，没有他不知道的词汇，无论是聊天还是写信，他没有外国人通常会出现的语法和用词错误，他用中文写下的文章不需要中国朋友的帮助，而且他有着很高的文学修养。我们合作十多年了,非常愉快,还会一直合作下去,这种长期和紧密的合作让我们越来越了解对方,越来越轻松。

梅根:您为什么写作?作为作家,最让您自豪的成就是什么?

余华:写作让我拥有了两条人生道路,一条是现实的,一条是虚构的。有意思的是,当现实的人生道路越来越贫乏之时,虚构的人生道路就会越来越丰富,这是我为什么写作的原因。作为一个作家,我知道小说是无法改变社会现实的,但是小说可以改变读者对社会现实的看法,这是让我感到自豪的理由。

梅根：还有什么您想让我们的读者知道吗？

余华：谢谢《科克斯评论》多年来对我作品的关注，谢谢《科克斯评论》的读者。

2014 年 1 月

答法国《解放报》

《解放报》：您总是写得这么快吗？

余华：不，我是被书拖着走。我本想写两百页，但控制不住我自己，写这本书时，我表现得很反常。通常，我在写书时，有时会碰到几天写不下去的情况，但这次，却完全不同，我状态非常好，我的思绪比电脑还快。

《解放报》：《兄弟》中有人不知廉耻地在公共厕所里看女孩的臀部。您在书中安排这个场景是为了激起读者的反感还是为了吸引读者？

余华：这在"文革"中是比较普遍的，有人在公共厕所中窥视女人。那是一个性压抑的时代，这就是我要展示的。好像其他中国作家都没有这样写过。我这样写，使一些读者很生气。其实我只是写了有人做过但又不想说的事。

《解放报》：书的整体是相当拉伯雷式的（放纵的）。

余华：我很欣赏《巨人传》，其中有一句话是这样说的："如果不想被狗咬着，最好的办法是跑在狗的屁股后面。"在中国，当有人问我一些有关《兄弟》的问题，我都会用这句话回答。这句话的意思是应该找一个与人们的习惯完全不同的角度：一个看上去很笨，其实很聪明的角度；应该逆向做事。这本小说引起许多争论，部分原因是有人认为它太粗俗。可是这部作品就是跑在狗的屁股后面，这是他们没有明白的。有个批评家对我说：你小说中说捡破烂的人成为亿万富翁，这是不可能的。几个月后，中国的新首富出来了，是回收废纸出身的。另一个例子，为了把宋凡平的尸体放入棺材，人们折断了他的膝盖。有人给我写信说这样的事真的发生过，他亲眼看到了，问我写的是不是他看到的那个人。

《解放报》：您是根据自己的经历写了这本

书吗?

余华:我父亲很幸运。他是个外科医生,"文革"开始时他挨整,被下放到乡下,他为农民做手术做得好,农民都很喜欢他。当造反派想把他带回城里批斗时,找不到他:农民把他藏起来了。当"文革"最为暴力的时期过去后,他回来了,所以他没有挨批挨打。但是我始终生活在恐惧之中,我害怕他们逮捕我的父亲。因为这样的事经常发生,一个人前一天还好好的,第二天就被囚禁了。对于孩子,最糟糕的就是,不知道第二天还能否见到自己的父母。

《解放报》:两兄弟的父亲受尽折磨却极有想象力,并且意志坚强。您是受《美丽人生》启发吗?

余华：在中国，一些读者因为我的书想起电影《美丽人生》。我倒没想到。我想到了一个同学的父亲。三个月里，他每天遭受折磨，每天晚上回家身上都血迹斑斑的，后来他投井自杀了。前一天，我还看到他和儿子一起在街上走过来，看到他笑得很开心，第二天他的儿子哭着来上学。我在写这本书的时候，这个场景不断在我脑海中萦绕。我相信这位父亲早有自杀的打算，但他不会显露出来。在"文革"期间，有许多这样令人钦佩的父母。

《解放报》：您在小说中塑造了一个反面人物和一个正面人物吗?

余华：我描写了两个人，他们的道路分岔走向两个极端。母亲担心流氓儿子李光头以后命运会不好，她相信正直的宋钢会很好的生活下去，她希望宋钢能够照顾李光头。可是时代变了，诚实正直的人被淘汰。李光头反而有了一个很好的命运。这兄弟两人有许多我自己的影子。我有一个高中同学因为太穷而自杀。以前我回家乡的小镇会去参加同学聚会，后来我不愿意去了。境况悬殊太大了，成功者太傲慢，失败者有自尊，这种聚会总是不欢而散。我在1977年离开家乡的中学，毕业时没有想到二十多年后变化会有这么大，人的命运会那么不同。在三十多年前时，人们认为情况一直会这样，什么也不会改变。

2008 年 4 月 24 日

答法国《十字架报》

《十字架报》：您小说中的两兄弟体现两种不同的价值观，李光头，"无赖"一个，却比"忠厚"的宋钢活得好。在您看来，这是今天的悲剧吗？

余华：我没有想过这是不是今天的悲剧。像宋钢这样的人，体现中国传统价值观的人——诚实而有尊严——同时也是人数最多的、最为脆弱、最容易被淘汰的。李光头，毫无道德可言，是这个时代的混世魔王。金钱和成功让他更加的玩世不恭。在《兄弟》里，我不是从医生的角度出发，而是从病人的角度出发来写的。即使如此，我还是希望我们这些病人可以康复。

《十字架报》：您小说中的一些场面，在700页的长卷中显得极为原始。

余华：在这样的时代里，我觉得自己的生活极为渺小。我总是考虑用幽默来传递自己的判断。我的故事描写了中国四十年来所发生的具有代表性的事情。比如选美比赛，在上世纪九十年代比比皆是，甚至餐厅也会组织醉美人比赛，让她们不停地喝酒……选美丑闻确实存在。我的小说里很大部分是讽刺——这种中国人能理解的写作方式，同时还有其他方式和语言——我所写得一切都是基于现实的。我在写"文革"中的暴行时，我觉得自己是在描述极端的事物，可是我收到了读者的反应，他们说这样的经历真实发生过。

《十字架报》：您的小说是如何通过审查的？

余华：我写下的所有小说都出版了，这也说明了中国一直在进步，要是十年前这本书是不会出版，今天它可以出版，但是还不能改编成电影，也许十年后可以拍摄成电影。

《十字架报》：在您的后记中，你引用了耶稣根据圣人马修启示选择窄门的典故。

余华：我读过中译本《圣经》两次，对我来说，这是世界文学中最伟大的作品。我不是一个信徒，阅读《圣经》极为赏心悦目。这本书还能在许多方面教导我们如何生活。我所引用的窄门是最接近现实的例子，如果想找到出路，正确的做法就是走进窄门。

2008 年 5 月 29 日

答法国《人道报》

《人道报》:《兄弟》讲述了从 1960 年代到今天的一代中国人的故事。您在后记中写到,"一个西方人活四百年才能经历这样两个天壤之别的时代,一个中国人只需四十年就经历了。"这是理解或接近当代中国的一个信息或途径吗?

余华:四十年来,我们经历了从禁欲到宣泄这样两个时期。这样的转变对于西方人是不可想象的,前一个物质极其匮乏和意识形态极其狂热,后一个追求金钱时欲望的急剧膨胀,两个都是狂热的。今日中国经济的发展途径类似于过去的"文革"时的政治途径,两个时期存在一个共通点,就是狂热,对政治的狂热和对金钱的狂热。

《人道报》:《兄弟》受到中国公众的巨大推崇,但你也尖刻地讽刺了某些场面。如你所说,"中国很多方面还是不容乐观。"你如何描写当下中国?

余华:在中国,当作家谈及过去时,没有什么争论,而描述当今社会则会争论很多。因为过去时代的人不会从坟墓里爬出来指出作家什么地方写错了,而今天中国的读者来自不同的区域,因为不同的习俗和经济发展的不平衡,读者的生活经历也不一样,一些读者因此认为《兄弟》里的某个细节不真实,比如可口可乐,经济发达的沿海地区1980年代中期就有了,而中西部贫困地区直到1990年代才有。这样的批评可以理解……李光头在公共厕所偷看女人屁股,是"文革"时禁欲所致,这也是那个时代司空见惯的事。1990年代以来,选美比赛风靡中国,不论是在大城市或是在小城镇都是广受欢迎。修复处女膜手术在不久前的中国流行过,网站和商店出售人造处女膜也不是什么新鲜事。当这本书2006年出版下部时,《纽约时报》的记者在采访我之前也怀疑有没有人造处女膜,他让助手在互联网上看看是否能买到人造处女膜,竟然发现超过100种的品牌,人们还在一些网络社区里讨论和推荐最好用的牌子。

《人道报》：《兄弟》不同于您以往的小说，它混合了雨果式的戏剧性和拉伯雷式的漫画性。您认为这是您创作中的一个转折点吗？

余华：这部小说诞生了一个新的余华。我有十年时间不敢放任自我，我对自己的写作曾经心存疑虑。在这部小说中，你认为我是混合了雨果式的戏剧性和拉伯雷式的漫画性。也许是这样，虽然我在写作的时候没有想到他们。这可能是我最重要的创作，这不仅是我个人的一种新小说、新文学，也是社会现实的投影。所以有经济学家用这部小说作为教材，让他的学生阅读。写这本小说之前，我不认为文学可以产生如此的社会影响，可以让读者提出关于社会问题的看法。李光头和林红之间的故事象征着中国人不断变化的价值观。最初，林红坚定立场，嫁给了宋钢。"文革"期间，直到1980年代初，中国的女性更多选择善良和英俊的男子。今天，她们更倾心于拥有像李光头这样成功的丈夫。

《人道报》：经过三十年的改革，对于未来您有何展望？

余华：能够代表我对未来看法的也许是李光头，不是宋钢，因为后者没有未来。与此同时，变革的速度之快，也是我所担忧的。在中国，经济发展太快，而其他方面却滞后。

《人道报》：他们今天想的仅仅是这些吗？

余华：改革初期，农民是主要的受益者，工人尚未经历企业破产和下岗。如今形势发生改变，不稳定因素增加，不再只是知识分子和学生的问题，如今社会问题更多地触及工人和农民。北京奥运会后我们将步入一个关键时期，电和成品油价格的调整势在必行，还有粮食和其他原材料。政府主要关注焦点仍是控制物价上涨，以及由此引发的不满。政府应采取温和与灵活而不是强硬的一刀切的政策。至于政治自由化，中国不能与西方国家相提并论。社会现实不同，中国的过去与西方的过去不同，今天同样也会不一样。

2008年6月23日

答瑞士《时报》

《时报》：在您的书中，您为什么绝大多数讲述小人物？

余华：我来自浙江的一个小城镇，我就是小人物，也和小人物一起生活。尽管我的父母是医生，他们也是小人物。我与穷苦人家的孩子一起长大，当我开始写作时很自然讲述起了他们的生活。

《时报》：您是如何成为一个作家呢？

余华：我成长在"文革"期间，我没有读过大学，那时的高中也只是读两年。因为"文革"，我没有好好读书。那个时候的中国，个人不能选择工作，工作是由政府分配的，我被分配去做牙医，那时我18岁，我非常不喜欢这份工作。23岁时，我就没再做牙医，去了文化馆工作。这是要通过很多手续，首先要证明我有写作才华，我是利用工作之余的时间写作。刚开始时，我认识的汉字不多，大约就三千多个，这恰恰成了我写作的优点，让我的叙述语言很简洁，成为我的风格，这就是为什么很多读者能读懂我的作品。现在我掌握了一万多字了，但我还是保持简洁的叙述风格，这是我的标志。在文化馆，日子过得很惬意，我不用去上班，我和我的同事每年编辑一期杂志就行,后来因为没有经费,杂志没有了,我也就没事可做了。我每天睡懒觉,睡醒了开始写小说。

《时报》:你写过关于卖血这样的故事,《兄弟》也同样批判色彩很浓。您没有遇到审查方面的问题吗?

余华:我的书在中国没有遇到过麻烦,还用于教材。《兄弟》出版后遭到很多批评,有西方记者说这些批评是政府组织的,我告诉他们不是这样,所有的批评都是民间自发的。

《时报》:为什么当中国富强了,社会批评

还在?

余华:社会批评的存在标志着这个社会是健康的,越是富强的社会越是需要批评的声音。

《时报》:然而,贫困人口已经减少。

余华:是的,贫困人口每年都是减少。改革开放使一部分人富裕起来,还有很多穷人,这就是《兄弟》所要讨论的。"文革"是一个物质匮乏的时代,相当于欧洲的中世纪;今天中国的上海、北京都已进入世界上最发达的城市之列了,这样的过程在中国只需四十年,在欧洲却需要四个世纪。可是中国还有很多贫穷地区依然处于欧洲的中世纪,我的意思是说,中国最为富有的地区和最为贫穷的地区可能差了四个世纪。

2008 年 5 月 24 日

答意大利《共和国报》

《共和国报》:《兄弟》这部小说经过"文革"时期和改革开放时期的比较来描写中国的巨大变化。引用弗雷德里克·詹姆逊的理论,您是否有了建立一种"国家的神话"的想法?

余华:最近这二十多年,弗雷德里克·詹姆逊经常来中国,他有一个强烈的感受:中国所发生的一切都是超现实的。这也是我,一个生活在中国的作家的感受。是的，我确实想在《兄弟》一书里建立起"国家的神话"，来对应中国这四十多年中诞生的国家的神话，我的意思是先有中国历史和现实的国家神话，然后才有《兄弟》中的"国家神话"。当然《兄弟》的"国家神话"是非官方的，是民间的讲述。这就是为什么我要用"我们刘镇"这样的叙述方式，这是一个由刘镇的很多人共同来讲述的"国家神话"，有时候是一两个人在讲述，有时候是几十个人甚至几百个人在讲述。所以《兄弟》的叙述风格是躁动不安的，是多种叙述语调同时进行的。

《共和国报》：你在访谈录里好像透露说在美国旅游的时候，就是正在写一部历史性的小说或一部散文集时,便决定开始写《兄弟》。是真的吗?请你给我谈谈《兄弟》上下部的写作过程……

余华:其实在1996年,我已经开始写作《兄弟》了。谢天谢地,我没有写下去。1996年时的中国和"文革"时的中国已经差别很大了,可是从今天来看,那时候的差别仍然不够大。所以当我2004年春天从美国回到北京后,重新写作这部小说正是时候,这时候的中国才真正地从一个极端走向了另一个极端,从禁欲走向了纵欲,从压抑走向了放纵,然而其表现形式都是疯狂的,从革命的疯狂变成了挣钱的疯狂。现在回想起来,1996年没有继续写下去是命运的安排,如果我那时候就完成这部作品的话,我会浪费一个伟大的题材,那时候写不出这个来自民间的"国家神话"。

《共和国报》：你和你同一代的作家好像对重写过去的兴趣非常大，特别是重写离今日不远的过去。在《兄弟》这样的作品中回忆有多重要？

余华：我是在"文革"期间成长起来的，一个人成长的经历会影响其一生。我过去的很多作品都涉及了"文革"，不过我都是将"文革"作为背景来处理的。这次在《兄弟》里我第一次用正面的方式叙述了"文革"，记忆就像大海的浪涛一样回来了。即便是下部里关于今天这个时代的故事，记忆仍然汹涌澎湃。根据我的写作经验，回忆在一部小说中的重要性不是因为时间的特性,而是由叙述的方式决定的。如果是从某一个角度来写作,回忆会像小河的流水一样清晰,有时也会出现急流,可是仍然是河床里的急流;如果是用正面的叙述方式来表达时代和社会的方方面面,不论是优雅的,还是粗俗的,都不能回避之时,此刻的回忆就会像海啸一样,大片地回来了。回忆在《兄弟》的写作过程中就像是海啸来了。

《共和国报》:你的作品里经常有二元性的特点,例如《兄弟》里出现下面的:情节上的两个兄弟,历史上的"文革"时代和当代的二元性,小人物中的两个知识分子,主题上集体和个人的二元性,连小说也是两部……你对二元性对比的注重有什么来源?

余华：我想，我是为了表达出我们中国人生活在巨大的差距里。"文革"时代和今天时代的差距，这是历史的差距；李光头和宋钢的差距，这是现实的差距。你所指出的二元性，在中国的过去和今天无处不在。几年前CCTV有一个节目，六一儿童节的这一天，采访中国各地的孩子们，问他们最想得到的礼物是什么？一个北京的男孩想要一架真正的波音飞机，可是一个西北贫穷地区的女孩只是想要一双白色球鞋。我在《兄弟》的后记里说过，"文革"时人性压抑的中国如同欧洲的中世纪，而今天中国生活的开放更甚于欧洲的今天，一个欧洲人要生活四百多年才能经历这样两个天壤之别的时代，一个中国人四十多年就经历了。可是北京男孩和西北女孩之间的差距，似乎又被分离到了不同的时代里去了，北京男孩仿佛生活在今天的欧洲,西北女孩仿佛生活在四百多年前的欧洲。这就是今天的中国,我们生活在历史的差距里,也生活在现实的差距和梦想的差距里。

《共和国报》:有的评论家把《兄弟》看作一种电视剧、好莱坞式的描绘,有的认为是一部完全成功的中国民间史诗性小说,我想知道的不是你对评论家所说的话的意见,而是你自己对小说的初心,你是寻找什么来写小说的?

余华:十九世纪欧洲的现实主义文学给我们留下了一个传统,就是作家在面对社会现实时,应该从医生的角度来剖析它们的弊病。可是我认为在今天,在中国,在意大利,在世界各地已经没有医生了,我们全体都是病人,因为这个时代是我们共同推进的,这个时代中的所有弊病我们人人都有一份。我是一个病人来写作《兄弟》的,或者说是从疾病来写,然后写出了并发症。我想,一些批评家们不习惯这样的小说是很正常的,因为他们认为文学的叙述应该像是健康的医生在诊断病情。

《共和国报》:在《兄弟》中群众的角色是必不可少的,群众就是作为一种对应叙事,我是特别欣赏这样的特点。我还感觉到喜剧、综艺节目的气氛,是这样的吗?

余华:开始我只是想写下李光头和宋钢的故事,后来发现需要很多群众参加进来,这样才能表达出时代和社会变化的气候,群众在《兄弟》里就是气候,既是政治的气候,也是生活的气候,一会儿下雨了,一会儿又天晴了,群众的态度是不稳定的,就像中国的一句俗话:"墙头草,随风倒。"

《共和国报》:一般来说知识分子在你的作品中是令人难为情的人物。你在《兄弟》里一直讥笑讽刺他们。这是为何?

余华:曾经有中国的记者问我对知识分子的态度,我反问他应该用什么样的标准来衡量?如果用学历的标准,比如说大学毕业以上的学历,这样的知识分子在中国那就太多了;如果用另外一种标准,就是知识分子必须具有独立性和批判性,那么这样的知识分子在中国太少了。

《共和国报》:一位意大利评论家就这样描述你的小说:"从文学角度来看(可是理所当然不只是文学的)中国重新完成了马可波罗的路程,这次的方向是反向的,现在中国用西方的标准重新适应了,就生出了一种非常独特的混合物。"你同意这种观念吗?

余华:我同意这位意大利批评家的话,今天中国的社会形态就是这样一种非常独特的混合物。"文革"的时候为了清除社会中存在的资本主义,有过这样一句口号:"宁要社会主义的草,也不要资本主义的苗。"现在资本主义改头换面横行起来,公平原则逐渐失去以后,其定义就会被不断修改。所以在今天的中国,我分不清什么是社会主义,什么是资本主义,草和苗已经混合到一起了,成为同一种植物。

《共和国报》:《兄弟》没有十九世纪小说典型的失望、沮丧,没有悲剧,倒有好多荒诞的因素,有喜剧。这是否是一种文学手段?目前你对这样的文学类型还是感兴趣吗?

余华:当草和苗成为同一种植物时,你就会体验到今天的中国是多么荒诞。《兄弟》并没有创造中国的社会形态,只是反映了中国的社会形态。我仍然会这样写下去,仍然会这样表达我对中国的感受。直到有一天草和苗重新分离成两种植物,我才会改变自己的写作。

《共和国报》:这两年中国和意大利分别遭受了非常严重的地震,突然出现了资本主义潜性本质,像布莱希特《勇气妈妈》说的那样:"在我们这个时代,你得来一点儿腐败,才能维持住你的人性。你得搞一点儿腐败,才能获得正义。"在这个意义下,中国有否变化?

余华:在电视里看到过拉奎拉地震的画面,后来在媒体上看到拉奎拉地震房屋倒塌和汶川地震的房屋倒塌一样有着腐败的原因,我觉得布莱希特的声音仿佛从世界上每一个地方都发出来了。1978年邓小平在中国倡导改革开放之初,中国这个大机器已经锈迹斑斑,腐败就像润滑剂一样提高了工作效益,在那个时候,没有腐败,很多事情办不成。布莱希特说这话时,我感到他是一个仍然健在的中国人。

《共和国报》:你不像你的同事那样离开中国,你就住在北京?这是为何?

余华:作为一个中国作家,我觉得自己应该生活在中国。而且我的写作始终是自由的,我的作品出版也没有受到限制,所以至今为止,我没有离开中国的理由。我要叙述中国,就必须生活在中国。

《共和国报》:《兄弟》里的处女比赛、处

女膜经济的突然兴起是否一种传统和现代之间的关系的比喻？

余华：是的，是一种传统和现代之间关系的比喻；同时也是我前面提到的巨大差距的比喻，《兄弟》上部开始就是李光头在厕所里偷看女人屁股，到下部里处美人大赛时李光头公然用上了放大镜、望远镜和显微镜来看。性在《兄弟》里，同时也在中国社会里，从禁忌一下子就来到了放纵。

《共和国报》：《兄弟》里的群众有一点幼稚、粗俗、情感、愚笨，一般人们看电视时就会变成这个样子，或可以说电视把这些都强调出来。这就是"我们这一代的实质"吗？

余华：确实有这样的趋势出现了，电视，尤其是网络，每天都在愚弄我们，把假的说成真的，把真的说成假的。生活在今天这个时代，我有一种强烈的感受，就是我们似乎生活在虚构中。二十年前，我就在电视里见到过贝鲁斯科尼，二十年后再在电视里见到他，还是二十年前的那个样子。我在想，这个贝鲁斯科尼真实吗？

2009 年 4 月 18 日

答意大利《生活》杂志

《生活》：您的作品中经常出现"文革"的年代，在您的小说《兄弟》中也是，请您给我们介绍介绍那个时代的重要性……

余华：我的童年和少年时代是在"文革"中度过的，也就是说我在"文革"里成长起来的，所以"文革"对我的影响是决定性的，决定了我的性格和思维方式等等。"文革"对今天中国的影响也是如此,虽然它结束三十二年了,可是"文革"时期的很多方式,现在仍然存在,当然已经改头换面,用另一种方式表达出来。比如"文革"时全民革命,现在变成了全民经商。

《生活》:您在接受过的采访中说"文革"相当于欧洲的中世纪,还强调中国人经过四十年的时间经历了两个天壤之别的时代。从一种存在论的角度来看,对中国人民、对你本人来说这样的经历带来了一些什么?

余华:"文革"既是我个人的记忆,还是我们的国家记忆。就像一个人的记忆会影响他的生活态度一样,"文革"的记忆也同样影响了我们国家前进的方式。为什么我说从一个极端走向了另一个极端？当一个人压抑很久以后，突然爆发了，他就会变得比别人更加开放，一个国家也是如此。好比是荡秋千一样，这一端越高，荡到另一端时也会越高。

《生活》："文革"结束以后，中国文化对权力的态度、看法有没有变化？有的话，是什么变化？

余华：最大的变化就是各种声音都有了，在"文革"时期只有一种声音，今天什么声音都发出来了。

《生活》：当下的中国是一个一直向现代化

走的国家。现代化到什么程度就把你们的过去删除掉?

余华:过去是很难删除的,但是可以被淡忘。因为过去会存在于历史之中,以历史记忆的方式出现。确实,现在中国的年轻人已经不了解"文革"了,他们没有亲身经历,只能通过像《兄弟》这样的小说来了解,或者通过其他的方式。我这个年龄的人是最后一代亲身经历"文革"的人,等到我们这一代离开人世以后,"文革"也有可能真正被淡忘。

《生活》:现代化在具有西方文化的国家里经常带来过个人权利的驱使。中国也是这样吗?

余华：是的，也是这样。现代化首先让中国人充满了欲望，然后欲望很快被转换成个人权利的驱使。

《生活》：有一位评论家说您的作品表现出来的不但是传统道德的消失，还有因传统道德的消失而维持的社会结构越来越空虚的描述。您是否同意这种观念？

余华：我同意这样的观点，这样的声音不仅在我的作品中表现出来，也是中国从"文革"到今天所表现出来的时代的特征。作为一个作家我只是写下一些故事而已。

《生活》：作家和知识分子为中国人权的发展会做什么贡献？

余华：每一个国家都存在人权方面的问题，中国也一样。我和你们西方的观点不一样的地方是：你们关注的是少数的持不同政见者；我认为中国的人权问题是司法是否公正的问题，穷人的利益是否能够得到保障的问题。

《生活》：北京新建的体育馆按照它的设计师的看法是新中国和老中国的综合体。您觉得呢？

余华：我看不出北京新建的体育场馆有什么老中国的影子，我觉得都是现代建筑，把它们放到世界上任何一个城市都是合适的，也可以说都是不合适的。

《生活》：快要开始的奥运带来了什么社会变化？未来会有什么影响？

余华：现在安全好像成为奥运会最重要的事情，这是当初申办奥运时，没有想到的。旅游业不仅没有因此获益，反而成了受害者，很多外国人拿不到签证，很多在北京打工的民工，因为工厂的暂时关闭都离开了北京，当然他们得到了国家的补偿。

2008 年 4 月 8 日

答意大利 *Reset* 杂志

Reset：关于您以前的作品里的暴力，在出版您的短篇小说意大利版时，您声明了您因为不能写爱所以必须写恨。您还说，由于您是在"文革"的时候长大的，恐怖就是属于您的一种感情。您认为哪一种感情能最好地描述现在的中国？

余华：我在意大利出版的短篇小说集《折

磨》，是我1980年代完成的作品，当时的中国已经改革开放了，可是还没有完全摆脱"文革"的阴影，我也不会例外，我那时期写下的作品充满了暴力，可能是我的记忆左右了我的写作。你知道，我是在"文革"中长大的，除了很多恐怖和暴力的记忆，我也有很多美好的记忆，可是那时期的写作几乎被恐怖和暴力的记忆左右。很多年过去了，在"文革"结束三十年后，我出版一部新的小说《兄弟》，在《兄弟》的上部里，我觉得既表达了恐怖和暴力的记忆，也表达了过去生活里的美好记忆。今天的中国和1980年代的中国很不一样，今天的中国很难用某一种情感来描述了，今天的中国让我百感交集，事实上就是用一百种情感也难以描述今天的中国。

Reset：还是在同样的访谈录（Masci 的采访）中，您声明了作为 1980 年代的一位作家对社会的关注。1990 年代的中国作家，像韩少功先生所说的，同个人主义有着更密切的关系。您认为目前的中国作家是起什么作用的？应该起的是什么作用？

余华：我是 1980 年代开始写作的，可以说我是一位 1980 年代的作家，可是 1990 年代我还在写作，二十一世纪了我仍然在写作，而且我的作品随着时代的变化也在变化，所以现在很难说我是属于哪个时代的作家。今天中国的作家生活在巨大的变化里，这是我们写作的财富，应该将这种巨大的变化表达出来。当然文学是不可能改变现实社会的，但是可以影响和改变读者对于社会的看法，对于现实的感受。

Reset：作家和读者之间存在什么关系？为什么作家好像集中在自己，而读者不向他们提出更高的要求？

余华：作家和读者之间是什么样的关系？这是由读者来决定的，因为读者拥有选择的权利，而作家只能是被选择。人们经常说作家应该为读者写作，其实这是做不到的，因为读者各不相同，作家不知道如何去满足他们各不相同的阅读需要。但是有一点是可以做到的，那就是作家自己也是一个读者，作家在写作的时候应该满足自己这个读者的需要。事实上每一个作家在写作的时候，都同时具有两种身份，作者的身份和读者的身份，作者的身份让作家不断地往前写，而读者的身份则是在悄悄地帮助作者把握叙述的分寸。

Reset：在您的写作里以工人和农民为主。中国的文学和知识分子应该克服哪些困难来重新考虑到目前的实际社会情形、读者情形、老百姓的情形？

余华：要让今天中国的作家和知识分子充分关心社会情形和老百姓的情形，在理论上是不难做到的，可是实际上并不容易，中国的知识分子太多地关心自己，可是很少去关心别人。我在中国的很多场合都反复说过，一个人只有真正关心别人，才能做到真正关心自己。我在中国的大学演讲时，总是希望今天中国的大学生应该去了解别人，了解别人是为了了解自己。我相信，一个人如果不关心别人，也不去了解别人，那就永远也无法知道自己是一个什么样的人。

Reset：您对中国文学的未来有哪些预测？哪些情况会改变，哪一些应该改变？您的写作正在经过什么样的变化过程？

余华：我无法预测中国文学的未来，也不知道哪些情况会改变。因为我连自己以后会写出什么样的作品都不知道，更不知道其他中国作家会写出什么作品。当然我知道自己过去写下了什么，在1980年代的时候，我在中国被认为是一位先锋派作家，那时候我写的是短篇小说；到了1990年代我开始写长篇小说了，写下了《活着》和《许三观卖血记》，中国的评论家认为我回归传统了，其实《许三观卖血记》不是一部传统叙述的小说，《活着》也不是，这两部作品对时间的处理是吸收了现代主义写作的技巧。最近《许三观卖血记》入选了北京的高中教材，是由高中教师选定的，他们的理由是这部小说讲故事的方法和传统小说不一样。我觉得很有意思，中国的评论家一直将《许三观卖血记》视为传统小说，可是高中教师不这么认为。去年和前年我又出版了新作《兄弟》，这部作品在中国引起了很大的争议，因为还没有一个中国作家用这样的方式来写中国的现实和历史，一些读者不习惯。我以后会写出什么作品？说实话，我不清楚，但是有一点可以肯定，那就是我的作品总会色彩强烈地表达中国的现实。

Reset：文学和政治在什么程度互相影响，是文学影响政治比较多，还是政治影响文学比较多？

余华：文学其实表达的是日常生活，日常生活是包罗万象的，有政治、有历史、有社会、有现实等等，也有个人隐私和个人情感等等，因此文学是包罗万象的。可以这么说，没有一部作品里是没有政治色彩的，只是有些作品政治色彩浓厚，另一些淡化而已。

Reset：在西方，说到中国的时候，经常说的是经济或者人权的问题，经常是以一种害怕的状态说中国。您认为在欧洲人和全世界人的眼里，中国的形象是什么？您希望这个形象要怎么改变，而且关于中国，有什么我们（西方人）应该知道而不知道？

余华：西方的媒体在报道有关中国的消息

时，总是喜欢选择负面的内容。其实中国的媒体也一样，也是越来越多地出现负面的内容。我想这是媒体的风格，负面总是比正面的报道更加吸引读者。所以西方的媒体经常以害怕的方式说中国一点也不奇怪。我不知道今天在西方人眼中，中国是一个什么样的形象？我只是感到现在来欧洲越来越困难了，1990年代的时候申请签证很简单很容易，现在申请签证越来越麻烦。至于你提到的中国的形象应该怎样改变，其实应该是西方的媒体在报道中国时应该怎样改变。如果西方的媒体永远是负面地报道中国，那么中国的形象怎么改变也没有用。

Reset：一方面，中国出现很重要的增长信号，比方说中国的国民总产值，另一方面，有

很多人,也包括中国人,指出不要太乐观。他们指的是中国国内不公平的一些情况,如城市和农村地区之间的不平衡。您对他们和对您的国家有什么期望?

余华:中国现在已经是世界上第三大经济国,可是人均年收入却仍然排在世界的一百位左右。中国今天的状况,比如贫富差距,城市和农村的差距,社会不公平等等,应该是经济迅速发展之后带来的后果。我的期望是中国发展的速度应该慢下来,让我们有足够的时间和空间来处理经济高速发展带来的社会问题和环境问题。

Reset:您喜欢的意大利作家有但丁、卡尔

维诺、莫拉维亚。您认为意大利文学和西方文学能给予中国文学什么？反过来说，中国文学能给予意大利和西方文学什么？

余华：西方文学，当然包括意大利文学对中国文学产生过很大的影响，而且这样的影响仍然在继续。我希望中国文学也会给西方文学和意大利文学带去新鲜的感受。

2007年8月8日

答意大利《晚邮报》

《晚邮报》：您曾经用"十个词汇"分析过中国社会，《第七天》这本小说像是有着一样的目的，是这样吗？

余华：我在《兄弟》里已经这样写了，虽然《兄弟》有六百多页，我仍然觉得没有把我对当代中国的感受完全表达出来，那时候就有了一个愿望，想把三十多年来发生的荒诞的故事集中写出来,有一天我脑子里出现了一个很妙的开头,一个人死了,殡仪馆给他打电话,说他预约的火化时间迟到了,我就开始写《第七天》了。

《晚邮报》:本书的故事有许多现实主题的再现,为何本书情节和时事如此贴近?

余华:虽然这部小说的形式是荒诞的,可是再现了许多现实主题,我在写作的时候有一种强烈的愿望,就是让这部小说给读者呈现出一个文学文本的同时,还要呈现出一个社会文本。我自己把《第七天》称为地标故事集,好比我们在今天中国的城市里寻找某一个地方时,都会首先去寻找附近的地标建筑,地标建筑可以帮助我们找到要去的地方。你所说的这些现实主题是我们三十多年发展过程中留下来的一个个社会地标和历史地标,我希望一百年以后的中国读者在阅读《第七天》的时候,可以一下子知道这个时代发生过什么。

《晚邮报》:为何您选择用一个去了"那边"的人的口吻来讲述今天的故事?

余华:从"那边",也就是从死者的世界来讲述的话,可以让我在两百多页的篇幅里把这些故事集中叙述出来,这是写作的角度,就像眼睛一样,目光是从小小的眼睛里出来,辐射到的是一个广阔的世界。如果从"这边"来写,可能需要六百多页的篇幅,会和《兄弟》一样厚的一本书。

《晚邮报》：您的主人公是有人性的，是善的，却已经死去，是否可以视作一种比喻？

余华：这部小说的基调是寒冷的，有时候甚至是窒息的，所以我需要人性里温暖的部分来鼓舞自己的叙述，否则我写不下去。你所说的"是否可以视作比喻"，我写作的时候没有这样想，但是这部小说在中国出版以后，有人这么认为。

《晚邮报》：这本书是 2013 年出版的，在这四年之间中国有什么变化？

余华：最大的变化就是反腐，经常会听到某位高官被抓了，还有数量不少的地方官员被抓，如此大规模的反腐是我四年前没有意料到的，这意味着什么？很明显，中国过去三十多年的发展历程里所产生的问题比我此前写过的《兄弟》里表现的多太多了。

《晚邮报》：主人公的父亲并非亲生，但两人的关系却非常密切，您是想说感情和诚实会带来真正的超越家庭关系的连接吗？

余华：中国有句老话，生不如养。杨飞出生就由杨金彪抚养，杨金彪为杨飞牺牲了自己应有的生活，杨飞以自己的方式报答了杨金彪的养育之恩。今天的中国出现太多的兄弟姐妹之间或者子女与父母之间为了财产反目成仇的事例。所以，感情是超越血缘关系的。

《晚邮报》：我记得2013年这本书受到了很多批评。后来怎样？这本书取得了成功吗？

余华：我已经习惯批评了，《兄弟》出版时我就遭受了很多批评。《第七天》出版前我就对出版商说，做好准备，会有很多人来批评。我告诉他，受关注和受批评是成正比的。他不相信，结果书出版后果然受到很多批评。现在四年过去了，《第七天》很成功，已经销售了一百多万册，到今天为止，中国最大的购书网站当当网上面有136436条读者评论，99.3%的读者给予了好评。

《晚邮报》：故事的最后，主人公未能得到埋葬。"死无葬身之地"是一个什么样的地方？

余华："死无葬身之地"在中文里是一种诅咒，但是在我的小说里是一个最为美好的地方，像乌托邦，但不是乌托邦；像世外桃源，但不是世外桃源。我把"死无葬身之地"反过来用了。

2017 年 7 月 28 日

答韩国《朝鲜日报》

《朝鲜日报》：等了几年了终于看到您的中短篇集《炎热的夏天》了。听说这本是您自己选六篇作品（《战栗》《偶然事件》《女人的胜利》《炎热的夏天》《在桥上》《他们的儿子》）来做一本中短篇集，想知道为何这六篇做成一本书？

余华：这六篇小说的题材和风格比较接近，

所以将它们选进一本书。它们表达的都是中国1980年代的生活,这是一个很容易被忽略的年代。因为在它前面是"文革"时代,后面是喧嚣的1990年代。

《朝鲜日报》:这次是以描写男女之间微妙心理状态的作品为主,此心理描述非常独特,有什么动机让您关心这样的题材?

余华:两个原因,一是我想尝试一下这种微妙的叙述,从普通的生活细节着手,写一组没有动荡感的小说。二是用这样的方式来表达中国1980年代的生活场景可能很合适。

《朝鲜日报》：这次作品集主要的题材是现代中国人的日常生活，不过这些日常生活并不一定是平凡的，给读者看的理由是什么？

余华：事实上，表达中国人的日常生活是我一直以来的努力。读者总是从我的书里读到政治、历史、现实等等，当然也读到了情感和隐私等等。而所有这一切都包含在我们的日常生活之中，只要将日常生活写出来了，也就写下了一切。这本书中，我是用一种温和微妙的方式来叙述。

《朝鲜日报》：《战栗》是找到12年前收到一封信后相逢的男女过去的记忆，互相的记忆像拼图一样对照，不过两个人的记忆一直错开,但那里有"真正的战栗是什么?"这样的质问。能否告诉我们作者想到的"真正的战栗"是什么?

余华:我想"真正的战栗"对于不同的人是不一样的,它不是一道有着标准答案的数学题,而是隐私一般的感受。我在这部小说里想说的是,"真正的战栗"无处不在地存在着,问题是我们能否经常感受到。

《朝鲜日报》:《偶然事件》是个形式非常独特的作品,也是非常有趣的作品,有没有作者想通过这样的形式来追求某些方面的效果?

余华:我想在这部作品中表达的是这样一

个事实，就是每个人心里都隐藏着连自己都不了解的内容，是生活，或者说别人的言行唤醒了这些内容。这部作品的形式有助于我将这样的意思书写出来。

《朝鲜日报》：您在韩国有名的作品几乎是长篇小说，想听听您对长篇小说和中短篇小说的想法，也想知道除了长篇小说，还在继续写中短篇吗？

余华：我在任何国家，包括中国，著名的都是长篇小说，其实我在短篇小说方面也下了不少功夫，只是读者不太关注。《兄弟》之后我没有再写中短篇小说，但是我以后肯定会继续写。

《朝鲜日报》：请向将选择《炎热的夏天》这本书的读者说一句话。

余华：耐心读这本书。

《朝鲜日报》：若现在正在写新作品，能否简单地介绍内容？何时能写完出书？

余华：其实我一直在写新的长篇小说，可是从去年开始我的生活被切碎了。我不断在欧美奔走，为《兄弟》的各种版本做宣传，我无法安静地写作大部头的书，只能写一些短一些的文章。我正在写一部很有意思的小书《十个词汇》，我计划用十个汉语词汇来表达当代中国。考虑到美国和欧洲主要国家希望明年秋天出版，我必须在明年二月前完成。

《朝鲜日报》：最后麻烦您向您的韩国读者说一句话。

余华：谢谢你们！

2009 年 8 月 21 日

答丹麦《基督教汇报》

《基督教汇报》:《第七天》发生在幻想里,在一个象征性的空间。你的故事为什么经常是荒诞性的?

余华:是的,《第七天》展示了一个象征的空间,可以说它是中国现实生活的水中倒影,有些虚无缥缈,而且随着水的波动,倒影会变形。我需要这样的虚无缥缈和这样的变形来表现出中国社会的荒诞，在此说明一下，为什么我的故事里经常表现出荒诞，不是我喜欢用荒诞的方式写作，而是中国社会充满了荒诞，我写作时不知不觉中就把故事写荒诞了，只有这样，我才觉得自己的写作是真实的。

《基督教汇报》：杨飞在冥世步行时，了解很多事情，也为读者们揭示很多不公平的事情。为什么选择从死亡那边看到生活？

余华：我一直有一个想法，就是把中国这三十多年来发生的荒诞的事集中写出来，我所说的荒诞事是三十多年来持续发生的，不是很快过去的事。为什么会这样？三十多年前发生的事，三十多年来还在一直发生。我想写出来，怎么写？我很长时间找不到方案，因为这三十多年来发生的荒诞事太多了。有一天，我脑子里突然出现了一个小说开头，一个人死了，接到殡仪馆的电话，说他火化迟到了。我觉得可以写了，从死者的角度来看生者的世界，就可以将这些荒诞事集中表现出来了。

《基督教汇报》：对你来说，死去是一种结束？还是死去后还有些什么？这种死亡到底是什么？

余华：作者和他的作品是不一样的，从我个人的角度来说，死亡就是结束，从生命的意义上就是结束。如果还有读者在阅读我的作品，那么我会以另一种方式继续活着。对杨飞而言，对《第七天》里来到死无葬身之地的死者而言，死亡不是结束，是开始。苦难结束了，美好开始了。

《基督教汇报》：《第七天》的书名是从《旧约·创世纪》借来的。为什么引用《圣经》？

余华：《第七天》的书名来自中国的风俗，就是头七，意思是人死后最初的七天里其灵魂不会离开，会在家人和朋友那里游荡。中文版出版时扉页上引用了《圣经》的那段话，是编辑加上去的。

《基督教汇报》：你在《第七天》里创造了

一个美好的社会,关于中国的未来,你是悲观者还是乐观者?

余华:《第七天》可能是一个乌托邦,一个虚构的美好社会。对于中国的未来会怎么样?我既不悲观也不乐观,因为中国的问题太多了,可以说三十多年来问题层出不穷,所以我不乐观;但是三十多年来我看到的事实是旧的问题很快会被新的问题替代,有一句话说解决问题的办法总是比问题多,中国社会解决旧问题的办法就是出现新问题,这个也很荒诞,正是这荒诞让我对中国的未来不悲观。

《基督教汇报》:读到杨飞和他爸爸的关系,还有你所描写的前妻,我很感动。我想你对人家的爱情能力肯定很信心?

余华:因为这部小说过于悲伤和压抑,我写作时需要人与人之间的爱和友情来支撑,否则我写不下去。也可以说这是爱的力量,这是人类的美德,充满同情与怜悯之心。

《基督教汇报》:殡仪馆这个地方你怎么想出来了?你的描写可能和你小时候住在墓地的对面有关?

余华:在殡仪馆里取号等待火化的场景是我在中国的银行办事的经验。中国人口众多,去银行办事时要取号排队,坐在塑料椅子里等待叫自己的号;如果是VIP,那么就会在一个舒适的空间里等待,有沙发,有鲜花,有咖啡,有茶,有饮料,当然也要取号排队,但是人少,很快就可以轮到。

《基督教汇报》:在"文革"时大多文学作品都被禁止。听说博尔赫斯、卡夫卡、威廉·福克纳的作品(还有英格玛·伯格曼的电影)深深地影响你和带给你灵感。你怎样发现他们?

余华:"文革"时没有文学书籍,博尔赫斯、卡夫卡、威廉·福克纳的作品是"文革"以后翻译到中国出版的,当时现代主义文学在中国流行,我第一时间就读到了他们的作品。我第一次看到英格玛·伯格曼的电影是在一个朋友家里,用录像带看的,那部电影叫《野草莓》,我看完后震惊了,虽然我已经读过博尔赫斯、卡夫卡、威廉·福克纳他们的书了,但是对电影不了解,我没想到世界上还有这样的电影。那时候中国从"文革"里出来也就十来年时间,当时我住在北京东边,朋友的家在西边,那天晚上我步行了20公里,我不想坐公交车,只想走路,来消解我心里的激动。

《基督教汇报》:假如你是记者,在采访自己,你要问哪一些问题?

余华:我不知道应该问自己哪些问题,问自己问题是艰难的工作,如果我没有生病,来到了丹麦,我会问你几个问题。

《基督教汇报》：最后一个问题，你在写邮件回答我的问题时看到什么风景或环境，请给我描写一下。

余华：我书房的窗帘一直是拉上的，是可以透光的白底水墨画窗帘，只有在房间需要通风时才会拉开。我背对窗帘坐在书桌前写东西，我看到的是两排书柜，里面都是我自己写的书，右边的书柜里放着中文简体字版和繁体字版，左边是外文版，别人写的书放在客厅的书架上。

2017 年 9 月 1 日

答美国 *Electric Literature* 杂志

Electric Literature：几十年以后再重读这些故事，你的感觉怎么样？你可以从读者的角度阅读它们吗，还是只能采取作者的态度？你有进行修改的冲动吗？

余华：现在重读这些故事，有一个明显的感觉就是我已经没有年轻时的才华了，当然年轻的时候也没有我现在的才华，这是不一样的才华。社会的变化让我成为一个和年轻时不太一样的作者,让我的写作在面对社会现实时变得更加直接。我在重读这些故事时,会有修改一些语句的冲动,但是我没有这么做,因为那是年轻时的我写下的,不是现在的我写下的,从这个角度说,我没有修改的权利。

Electric Literature:《四月三日事件》之后,你的写作越来越以人物带动,而这些故事更倾向于概念化。你仍然喜欢这种抽象的写作方式吗?哪些方面是你可以通过抽象的方式表达,而更难或者不可能通过具体描写实现的?

余华:这些故事都是我在开始写作长篇小说之前写的,正如你所说的,这些故事有些抽象，主要是对人物，这些故事里的人物很大程度上是符号，是我想表达什么时出现的符号，当我开始写作长篇小说时，我突然发现人物经常会发出自己的声音，而且他们自发的声音比我为他们设计的更好，更符合他们，所以后来的写作就是你说的，越来越在人物的带动下写了。

Electric Literature：多年来你常常谈到你受到的影响，我觉得《四月三日事件》中，博尔赫斯的影响尤其明显。你从他的风格中吸取了什么，你如何这么彻底地把它转化为你自己的东西？

余华：我是 1987 年写完《四月三日事件》，

当时还没有读到博尔赫斯的作品。那时我深受卡夫卡的影响，在卡夫卡的作品里我感受到了一种无法驱散的恐惧感，这也是我的恐惧感，不是形式的影响，也不是技巧的影响，是某种感觉的影响，卡夫卡唤醒了我内心深处的恐惧感，然后我以自己的方式表现出来。

Electric Literature：在我的阅读视野中，《四月三日事件》是对青春期最滑稽、最悲哀的表述——它的主人公让我想起了霍顿·考尔菲德——然而作品又随时滑动在真正的黑暗边缘。你如何把握好这种平衡？

余华：塞林格的《麦田里的守望者》当时风靡中国，现在仍然广受欢迎，我想原因就是霍顿·考尔菲德在任何时代任何国家都是无处不在。霍顿·考尔菲德已经是经典人物了,《四月三日事件》里的"我"现在还不是,以后也不可能是。这两个人物很不一样,但是有一点是相似的,就是他们都是被排挤在人群外面的人物,或者说是他们把自己排挤出去的,因为他们不想呆在人群里面。"滑动在真正的黑暗边缘",你的描述非常准确,这就是我 27 岁时写作这个故事的心理状态,确实需要好好把握叙述中的平衡,我的方式是尽量不让"我"在叙述里激动起来,一旦激动的话会冲破平衡。

Electric Literature:在《此文献给少女杨柳》中,故事人物常常发现他们对世界的了解与他们的直接经验迎面相撞——例如,叙述者走

进厨房,而他知道并不存在厨房。过去,或者现在,是什么让你被这个特定的悖论吸引?这个悖论有没有政治含义?

余华:写这个故事时,我是博尔赫斯的读者了,这个故事比《四月三日事件》晚了将近两年,我相信博尔赫斯影响了这个故事。我的叙述似是而非,或者就是你说的悖论,叙述在不断的互相否定里前行。这个悖论应该有政治含义,当时我还没有完全从"文革"的阴影里出来,我从童年到少年成长过程中深信不疑的共产主义信念一下子就被否定了,接下去刚刚相信什么又很快不相信了,我可以说是生活在悖论里,这也是当时中国社会的政治现状。

Electric Literature：在《此文献给少女杨柳》中，外乡人渐渐看不见了，你写道："从那一日起，他不再对自己躯体负责。"《四月三日事件》中的好多人物好像都是这样。当时你有这种感觉吗？这些人物缺少或者失去控制能力的原因是什么？

余华：这似乎是我三十年前写作的基调，人物把握不了自己的命运，有时候甚至把握不了自己的感觉。我不知道是什么原因让我写下这些，但是有一点可以确定，我怂恿自己这样往下写，因为我心里充满了这样的情绪，需要发泄出来，等到发泄的差不多的时候，我开始写长篇小说了，然后我的写作变化了。

Electric Literature：在《夏季台风》中，你以众人的口吻说话，然而从来没有使用第一人称复数或者第三人称复数。这个想法来自何处？你如何做到人物和语态的恰当平衡？

余华：这个故事无法从一个人物的角度来完成，需要众人的角度，但是每一个人物都是独立的和只有一个声音。从众人的角度写不是很容易，首先要考虑好前后顺序，然后再做好叙述的交接，至于平衡，我想故事里人们对地震的恐惧和没完没了的雨水可以帮助我，它们营造了一种气氛，罩住了我们，我的写作只要不冲破它，叙述就是安全的，或者是平衡的。

Electric Literature：《死亡叙述》中开卡

车的叙事者有一种非常有力——有时候令人不快——的语气,在一本不以人物驱动的故事集中,这一点显得尤其突出。这个人物来自哪里?

余华:这个人物来自我的内心,我想把内心里不安和愧疚的情绪通过一个虚构人物表达出来,这个人物在讲述这个故事的时候已经死了,中文也存在现在式和过去式,但是并不明显,我仍然努力让读者感受到这个故事是现在式的,感受到有一个人坐在读者对面讲述他的故事,虽然那是一位死者。

Electric Literature:这些故事中,有没有什么你担心美国读者不好理解的地方?你希望

美国人带着什么样的意识进入你的作品?

余华:我不知道,说实话我不认为这些故事在美国读者那里会受到欢迎,可能会有不多的读者对这些故事感兴趣,如果是这样的话,那么有读者在这些故事和人物里读到自己的感受,看到自己的影子,我就十分满足了。

         2018 年 11 月 17 日

答意大利《共和国报》

《共和国报》：你住在哪里？是怎么样的地方？可否像是小说开头似的来描写一下？还有，你渴望住在别的什么地方？

余华：我刚开始写小说的时候住在中国南方一个只有八千人的小镇上，那是三十五年前，当时我有一个习惯，当我构思的时候或者写不下去的时候，我会走到街上去，身体的行走可以让我的思维活跃起来，可是我的思维经常被打断，因为在街上不断有人叫我的名字。那个小镇太小了，走到街上不是遇到认识的人就是见到见过的脸。十年以后，也就是二十五年前我正式定居北京，最重要的原因是我的妻子在北京，还有一个原因是我在街上一边行走一边想着自己的小说时不会被人打断，北京的大街上没有人认识我。现在我已经没有这样的习惯了，北京后来的空气让我养成了坐在门窗紧闭的书房里构想小说的习惯。尽管空气有问题，北京仍然是我最喜爱的城市，因为这是一个谁也不认识谁的城市。

《共和国报》：你怎么变成今天的余华？（哪些人、书、经历使你变成当下这个人？）

余华：我的第一份工作是牙医，每天看着别人张开的嘴巴，那是世界上最没有风景的地方，我非常不喜欢这个工作，因此我想改变自己的生活，我开始写小说，很幸运我成功了，此后我的睡眠不再被闹钟吵醒，我醒来以后的生活自由自在。当然有很多作家影响了我的写作，我的第一个老师是川端康成，第二老师是卡夫卡，第三个老师是福克纳，还有很多老师的名字，有些我已经知道，有些我以后会知道，有些我可能一生都不会知道。我曾经有过一个比喻，作家对作家的影响好比是阳光对树木的影响，重要的是树木在接受阳光的影响时是以树木的方式在成长，不是以阳光的方式在成长。所以川端康成、卡夫卡、福克纳没有让我变成他们，而是让我变成了今天的余华。

答意大利《共和国报》

《共和国报》：最近有什么事让你比较重视、吃惊？（可以是世界里发生的一件事或者你私人生活里的一件事）

余华：俄罗斯世界杯结束了，开始的时候，也就是小组赛的时候，我看了一场又一场比赛，没有看到意大利队，因为我没有关心此前的预选赛，所以我向朋友打听，意大利队什么时候开始比赛，朋友告诉我，意大利队没有进入俄罗斯世界杯，我很吃惊。当然中国队也没有进入，如果中国队进入俄罗斯世界杯的话，我也会吃惊。

《共和国报》：你会在哪种情况下笑起来？你作品里经常使用讽刺手法，有时也带有愤世嫉俗的味道,这是什么来源?

余华:看到这个问题的时候我笑了。我经常笑,我和朋友们在一起时经常开玩笑,我和妻子儿子在一起时也经常开玩笑。我到意大利,和我的译者傅雪莲在一起时,我们互相开玩笑,一起哈哈大笑。我写作时喜欢用讽刺的手法,确实也有愤世嫉俗的味道。我认为将愤怒用幽默的方式来表现会更加有力,看上去也是更加公正,而讽刺是表达幽默的直接手法,所以我写作时总是让讽刺进入叙述。

《共和国报》:什么时候、在哪种状况下会吓哭(真正地吓哭)?有什么事使你感动?

余华：吓哭？这个要到梦里去寻找，好几年前有一个夜晚，我梦见自己死了，梦中的我只有十五、六岁，还是一个中学生，有三个同学把我放在一块门板上，抬着我往医院奔跑，他们跑得满头大汗，而我被自己的死去吓哭了，我告诉他们，不要送我去医院，我已经死了。我的三个同学听不到我的哭声也听不到我的话，我挣扎着想从晃动的门板上坐起来，可是我死了，坐不起来。然后我从梦中惊醒，发现自己还活着，我被活着这个事实感动了，这是令人难忘的感动。后来我把这个梦作为一个小说的开头，这个小说写了几个月，没有写完搁在那里了，以后我会写完它的。

《共和国报》：对你来说什么是爱情？作为

作家和作为人对爱情有什么想法、看法？你相信婚礼吗？有孩子吗？

余华：爱情对于58岁的我来说就是相依为命。我和我妻子相依为命，我们有一个儿子，今年25岁。我们的家庭关系很好，我儿子是做电影的，我们经常在晚饭后一起讨论一本书或者一部电影，这是我作为人对爱情的看法。作为作家对爱情的看法经常是不一样的，因为小说的题材和故事不一样，我在《兄弟》里描写的爱情是美好的，但是在其他的小说里我写下了对爱情的怀疑。

《共和国报》：文学或一部作品是否带给你什么意想不到的收获（可以是小或者伟大的

事情）？

余华：法国作家司汤达的《红与黑》给予我很伟大的文学教育。小说里的家庭教师于连·索黑尔爱上了伯爵夫人，司汤达让于连向伯爵夫人表达爱意的篇章是文学里伟大的篇章，没有让于连去找一个没有人的角落悄悄向伯爵夫人表达，这是很多作家选择的叙述方式，因为这样写比较容易，但是司汤达是伟大的作家，他需要困难和激烈的方式，他让于连与另一位夫人和伯爵夫人坐在一起，当着另一位夫人的面用脚在桌子下面去勾引伯爵夫人的脚，这个篇章写得惊心动魄。司汤达教育了我，一个真正的作家应该充满勇气，不只是政治上的勇气，更重要的是文学叙述上的勇气，就是遇到困难不要绕开，应该迎面而上；更为重要的是，司汤达告诉我,不要用容易的方式去写小说,要用困难的方式去写小说。

《共和国报》:什么是文化差异?虽然世界越来越全球化了,但是你还是会碰到什么文化差异?

余华:我说一个故事。我的小说《许三观卖血记》出版意大利文版和英文版以后,我遇到过两位有趣的读者。小说里的女主角许玉兰伤心的时候就会坐到门槛上哭诉,把家里私密的事往外说,一位意大利朋友告诉我,那不勒斯的女人也会有这样的表现;而一位英国朋友告诉我,如果他有这样一个妻子的话,他就不想活了。文化差异在这里表现出来的都是理解,只是意大利朋友和英国朋友理解的方向刚好相反，我的意思是说，面对一部文学作品时，文化差异会带来了认同和拒绝，而认同和拒绝都是理解。

《共和国报》：你怕什么（请说说小事和大事）？

余华：我想了很久，没有发现自己怕什么，我可以自由生活自由写作，生活和写作构成了我的全部。

《共和国报》：你怎么看你的年龄？跟年龄有什么关系？怎么保重你的身体？是否有想戒

除的恶习?

余华:我在回答这个问题的时候正在遭受痛风的苦恼,脚趾的疼痛让我不能走路,斜靠在床上回答这么多的问题,而且还要我回答的尽量多一点。可能是小时候的贫穷造成的原因,我每次吃饭一定要吃撑了才觉得是吃饱了,这个坏习惯始终改不了,痛风就是这样出现的。我经常告诉自己,少吃多运动,可是我总是在告诉自己,总是没有好好实行,能够做到几天少吃,几天运动,然后又多吃不运动了。

《共和国报》:你和网络、微博、新技术是什么关系?它们给你的生活带来什么变化?

余华：中国人在吸收新的技术和新的生活方式时没有任何障碍，适应的速度之快令人感觉到新旧之间似乎没有距离，比如移动支付，短短几年时间，阿里巴巴支付宝的APP和腾讯微信支付的APP差不多装载进了所有的智能手机，从超市的收银台到办理证件的收费窗口，从大商场到街边小店，只要有交易的地方，都有支付宝和微信支付的二维码放在显眼的位置，人们从口袋里拿出手机扫一下就轻松完成交易。我在回答这个问题时意识到自己在中国已经有一年多没有用过现金，也没有用过信用卡，因为手机支付太方便了。不少人上街时口袋里没有现金也没有信用卡，一部手机可以完成所有来自生活的需求。于是乞丐也与时俱进，他们身上挂着二维码，乞求过路的人拿出手机扫一下，用移动支付的方式给他们几个零钱。

《共和国报》：你那一代和年轻人这一代有什么不一样？你羡慕年轻人什么地方，不羡慕他们什么地方？

余华：上世纪八十年代末，我和我妻子还在谈恋爱的时候，我们都住在集体宿舍里，没有自己的房间，我经常在晚上带着她去看别人家的窗帘，不同的窗帘在灯光的映照里感觉很美，我们很羡慕那些有房子的人，我当时对她说：我们没有房子，但是我们有青春。我们现在有房子了，但是我们没有青春了，所以我羡慕年轻人的是他们有青春。

《共和国报》：对你来说宗教是什么？你信上帝或有其他什么信仰吗？

余华：我是在"文革"中成长起来的，我是一个无神论者，我没有宗教信仰，也许文学是我的宗教，因为文学里充满了"灵性"。

《共和国报》：你怎么看男女平等的情况和发展？

余华：在中国，毛泽东时代解决了这个问题，但是现在开始倒退了，比如就业，男性就会比女性的机会多，很多公司愿意招聘男性员工，他们觉得女性结婚生育以后重心会转移到家庭上，从而不会那么认真工作了。事实并不是这样，不少有孩子的女性仍然工作出色，但是社会上一直存在这样的偏见。

《共和国报》：最近你对什么电影或电视剧比较感兴趣？为什么？

余华：我不看电视剧，太长了，我没有那么多时间去看。最近我重新看了塞尔维亚导演埃米尔·库斯图里卡的电影，因为他是我的朋友。

《共和国报》：未来有什么写作计划？现在写什么呢？

余华：我有四部小说都写到了一半，我以后的工作就是将它们写完。

《共和国报》：作为著名作家是什么感觉？

余华：感觉多了一些机会，如果我没有名气，那么我的书出版时不会像现在这样顺利。

《共和国报》：你利用最多的、并不可或缺的词汇是哪一个？

余华：我现在用的最多的词汇是"变化"，我刚刚为英国《卫报》写了一篇七千字的长文《我经历的中国的变化》。

2018 年 6 月 3 日

答塞尔维亚《今日报》

《今日报》：您的青年时代是在"文革"时期度过的，正如《在细雨中呼喊》的主人公一样。这部长篇小说在多大程度上描写了您自己的生活，是否是一种自传？

余华：是的，《在细雨中呼喊》里的主要人物可能就是我，他的同学和朋友可能就是我的同学和朋友，而且它符合了一部成长小说的基本特点,但是他不是我,他的同学和朋友也不是我的同学和朋友,因此这不是我的自传。虽然我写下了自己成长过程中的生活和环境,但是里面人物的经历不是我的经历,有意思的是里面人物的感受却是我的感受,所以我认为《在细雨中呼喊》里写下了我感受世界的方式。

《今日报》:我们应该用什么方式去判断一个人是否很伟大?

余华:人们通常用成就去衡量一个人是否伟大,比如塞尔维亚的伊沃·安德里奇和中国的鲁迅;也有不少人认为善良和总是帮助别人的人是伟大的,虽然这样的人很平凡;很多人认为自己的母亲是伟大的,有时候也会有父亲,衡量一个人是否伟大没有统一的标准。

《今日报》：您小说的主人公的生活一般是很困难的，很悲剧的。描写他们生活的时候，您怎样控制自己的感情？

余华：有意思的问题，作家如何在写作时控制自己的情感？就是通过叙述来控制，有时候需要压抑，有时候需要释放，这是叙述的要求，成熟的作家在写作时知道情感在什么时候应该平静，什么时候应该动荡。

《今日报》：由于您的写作风格很自然、很现实，您将自己看作哪个文学派的代表？

余华：上世纪八十年代我刚刚开始在中国进行文学创作的时候，支持我的批评家们赞扬我是先锋派，到了1992年《活着》出版后，这些批评家很失望，觉得我背叛了先锋派，我当时告诉他们，没有一个作家会为一个文学流派写作，作家只会为自己的内心写作。今天我仍然这样认为。

《今日报》：在不久前您借用了一位俄罗斯文学评论家别林斯基的话说托尔斯泰小说的主人公都是托尔斯泰。另一方面，居斯塔夫·福楼拜，《包法利夫人》的作者，曾经说过"我就是包法利夫人！"您的主人公是否也都是余华？

余华：如果单纯从写作的角度来看可以这

么说，我写下的人物都是我自己。虽然他们的经历，他们的性格，他们的命运和我不一样，但是他们的出现，都是在我想象和情感不断延伸之后出现的，准确的说，是我的虚构世界对我的现实世界的补充。回到上一个问题，一个作家应该为自己的内心写作。内心是什么？1980年代，我刚开始写作时，很喜欢法国作家雨果的诗句：世界上最广阔的是海洋，比海洋还要广阔的是天空，比天空还要广阔的是人的内心。确实如此，写作可以让人发现自己的内心越来越宽广，会发现内心深处拥有无数的他们，这些他们都在期待被你写出来。

《今日报》：作家是否比其他人更勇敢？您觉得您自己很勇敢吗？

余华：作家的勇敢和战士的勇敢不一样，战士的勇敢是在现实世界里表现出来的，作家的勇敢是在虚构世界里表现出来的，作家回到现实世界往往很胆小，而且在现实世界越胆小的作家在虚构世界越勇敢。所以在现实世界里，我不是一个勇敢的人。

《今日报》：您读过了伊沃·安德里奇的长篇小说。您从他的作品中有没有受到过启发？如果有，在哪些方面？

余华：伊沃·安德里奇是史诗叙述的大师，他让我钦佩的是他对于史料的使用，将史料融入小说叙述之中，没有一点史料的痕迹，就是活生生的小说，《德里纳河上的桥》和《特拉夫尼克纪事》是这方面的典范。我是写小说的，知道在小说里使用史料是一件多么困难的事情，要么不到位，要么就过了，把握分寸很不容易，伊沃·安德里奇没有问题，他是这方面的大师，对他来说历史和现实已经融为一体，已经无法分割。

《今日报》：您对传统如何看待？

余华：传统不是固定不变的，是在不断自我革新和自我挑战中前行。创作者，无论是循规蹈矩者，还是放浪形骸者，他们都置身于传统之中，如果有创作者认为自己已经跳出传统走上一条新路，那是他暂时的感觉，最终他发现自己仍然在传统之中，当然他可能参与到了传统的自我革新之中。

《今日报》：您最喜欢哪些西方的作家？哪些可以说是您的写作榜样？

余华：我喜欢的西方作家可以组成一支小小的军队，大约是一个连的编制，连长是陀思妥耶夫斯基，指导员是托尔斯泰，西方读者可能不知道指导员是什么，对于塞尔维亚读者应该没有问题。狄更斯、福楼拜、司汤达、卡夫卡、福克纳、马尔克斯和其他几十个作家都是副连长和副指导员，这个连队里没有士兵，甚至没有班长，最小的也是排长。卡夫卡是我的老师，他教会了我如何自由地去写作，还有福克纳，还有……这个连队里的作家都是我的老师。

《今日报》：您最喜爱的书是什么？是否常常会去重新读？

余华：小说吗？太多了，无法一一列举。

《今日报》：看样子，许多世界上著名的作家又开始创作很长的小说。您觉得今日读者有时间去读这样的作品，愿意读这样的作品？

余华：应该有读者愿意去读很长的小说。这样的写作和作家有关，也和题材有关，有些作家一写就很长，有些作家写下的相对短一些的，因为题材的原因，写过很长小说的作家会写下短的，而一直写的不长的作家会写出很长的小说。

《今日报》：两年前您参与过主题为"文化是否能够改变世界"的贝尔格莱德多重旋律国际论坛中。您觉得，文化能否改变世界？因为我们彼此之间了解得很少。

余华：我相信文化可以改变世界，文化促进交流，不同文化的交流既是双边的也是多边的，交流会产生相互吸收相互改变，当然这改变是细水长流，不会是狂风骤雨，但是改变是必然的，而且会历久弥新。

《今日报》：最后，您觉得文学对今日时代能够提供一些什么？您最简短的建议是什么？

余华：多样和多元。

2019 年 10 月 5 日

图书在版编目（CIP）数据

米兰讲座/ 余华著. -- 上海：上海文艺出版社,2020(2024.6重印)
ISBN 978-7-5321-7429-4
Ⅰ.①米… Ⅱ.①余… Ⅲ.①随笔－作品集－中国－当代 Ⅳ.①I267.1
中国版本图书馆CIP数据核字(2020)第030923号

发 行 人：毕　胜
责任编辑：张诗扬　乔　亮
装帧设计：胡斌工作室

书　　名：	米兰讲座
作　　者：	余　华
出　　版：	上海世纪出版集团　上海文艺出版社
地　　址：	上海市闵行区号景路159弄A座2楼 201101
发　　行：	上海文艺出版社发行中心
	上海市闵行区号景路159弄A座2楼206室 201101　www.ewen.co
印　　刷：	上海盛通时代印刷有限公司
开　　本：	787×1092　1/32
印　　张：	7.875
插　　页：	6
字　　数：	81,000
印　　次：	2020年4月第1版 2024年6月第3次印刷
Ｉ Ｓ Ｂ Ｎ：	978-7-5321-7429-4/I.5903
定　　价：	48.00元
告 读 者：	如发现本书有质量问题请与印刷厂质量科联系　T：021-37910000